AF556493

कात्यायनी संवाद

कात्यायनी संवाद

सूर्यबाला

ग्रंथ अकादमी, नई दिल्ली

प्रकाशक : **ग्रंथ अकादमी**
भवन संख्या-19, पहली मंजिल, 2, अंसारी रोड, दरियागंज, नई दिल्ली-110002
सर्वाधिकार : सुरक्षित / संस्करण : 2025 / मूल्य : तीन सौ पचास रुपए
मुद्रक : नरुला प्रिंटर्स, दिल्ली आवरण : उषा भटनागर

KATYAYANI SAMVAD
stories by Smt. Suryabala ₹350.00
Published by **GRANTH AKADEMI**
Building No. 19, First Floor, 2, Ansari Road, Daryaganj, New Delhi-110002
ISBN 978-93-81063-21-7

लिखना क्यों?

कलम की नोक पर अड़ा एक हठी सवाल

उम्र और लेखन के इस पड़ाव तक आते-आते कितनी बार यह सवाल मेरा घेराव कर चुका है, मुझे कठघरे में डाल चुका है। क्यों लिखती हूँ मैं? खुद ही खुद के साथ चलती एक अनवरत जिज्ञासा भर नहीं—अड़ियल, जिद्दी बच्चे सा हमेशा मेरे वजूद से अटकता, उलझता, अपने हठ पर अड़ा एक सवाल!

अचानक रुकती हूँ, उम्र की ढलान से उतरकर एक नन्ही सी बच्ची में तब्दील हो जाती हूँ। दशकों लंबी तारकोली सड़क के किनारे चलती हुई, बस्ती के आखिरी छोर पर बने एक मकान के सामने वह बच्ची रुक जाती है।

उसके इस घर की पुख्ता मुँड़ेर की छोर पर भी पतंग सा अटका है यह सवाल!

कटकर अटकी इस पतंग का छोर पकड़ूँ, पकड़ूँ कि माँझा सरक जाता है, हवा के साथ लहराती पतंग अदृश्य हो जाती है; ठीक इसी तरह इस सवाल की डोर भी, जितना समेटने की कोशिश करती हूँ, हाथ से छूटती चली जाती है।

घरों की छतों और पेड़ों की फुनगियों पर उलझती, अटकती पतंग का पीछा करती वह बच्ची अचानक किन्हीं आवाजों का शोर सुनकर चौंक जाती है।

सामने, सड़क की दूसरी तरफ से बनारस के लिए जाती कोई अरथी गुजर रही होती है। बच्ची के मन-मस्तिष्क के आर-पार एक भयातुर सन्नाटा खिंच जाता है, दोपहर निचाट और सन्नाटी लगती हैं, शामें उदास, खामोश। वह सन्नाटा आज तक मैं भर नहीं पाई हूँ। पाँचवीं-छठी में पढ़नेवाली दोनों बड़ी

बहनें चीखतीं, शोर मचातीं अपने-अपने बस्ते लिये स्कूल के लिए दौड़ जातीं। माँ नौकर-चाकरों के साथ घर के कामकाज, तोतली बहन और छुटके भाई को लेकर लस्त-पस्त हो जातीं। ऐसे में दोनों तरफ की जोड़-बाकी से बची हुई मैं हर थोड़ी देर बाद अपनी ऊँचाई बराबर की मुँड़ेर पर आकर खड़ी हो अचंभे और आतंक से भरी देखती रहती, हर घंटे-आधे घंटे पर इक्के पर, रिक्शे पर, कंधों पर और 'अंतिम संस्कार मेल' पर गुजरती अरथियाँ!

उनमें से कुछ बाजे-गाजे के साथ रेशमी परिधानों और रंग-बिरंगी झंडियों से सजी, खील, बतासे और ताँबे के पैसे लुटाती हुई, तो कुछ निपट अकेली इक्के या रिक्शों में बँधी, एकाध सहयात्री के साथ।

दोपहर में टिक्कड़-दाल खाकर अलसाते-ऊँघते नौकरों की आँखें अकसर इन विमानों की सजावट पर खुशी से टिहकार उठतीं।

प्राय: ऐसे 'विमानों' को किसी पेड़ के साये या चबूतरे पर उतारकर सहयात्री सुस्ताते होते। थोड़ी देर में 'वैन' आ जाती। काली वैन की छत के दोनों तरफ सफेद अक्षरों में लिखा होता—'अंतिम संस्कार मेल'।

अरथी वैन की छत पर बाँध दी जाती। साथ जानेवाले बैठ जाते, बाकी भीड़ तितर-बितर हो जाती।

किसी ओर भी शोक-संतप्तता या अवसाद जैसा माहौल बिलकुल न होता, सिर्फ थकान, ऊब, एकरसता और समय काटने का सा भाव होता। मेरी समूची बाल चेतना पर एक दहशत-भरा आतंक व्यापता जाता। मुँड़ेरों के साये में घंटों चुपचाप बैठी, सहमी-सहमी सी अपने आपसे पूछा करती—क्या होता है मरना, कैसे मरा जाता है? क्या सचमुच एक दिन अम्मा, बाबूजी, बड़ी अम्मा, भैया और बहनें सब मर जाएँगे?··· इसी तरह? मैं भी?···

नसों को जकड़ती हुई एक ठंडी सिहरन उतरती चली जाती।

मेरी दिनचर्या में अनिवार्य रूप से शामिल हो गए इस सवाल और अहसास से घर के सारे बड़े लोग अनजान थे। उनकी नजरों में तो मैं एक बेहद चिबिल्ली और मजेदार शरारतों से भरपूर छोटी बच्ची थी।

ऊपर-ऊपर हाजिर जवाब ठिठोलियों के कँगूरेदार बुर्ज और नीचे उफनता नहीं, गहराता चला जाता अवसादी समंदर, दो महाविरोधी वृत्तियों में जकड़ा हुआ बचपन। मेरे अंदर की खामोशी और आतंक सिर्फ मेरी चौदह वर्षीय

बहन को छोड़कर और कोई न जान सका था। अब सोचती हूँ कि कितना परेशान कर दिया होगा मेरे आतंकित, डरे-सहमे प्रश्नों ने बारह-तेरह बरस की एक लड़की को; पर मेरी उस बड़ी बहन ने अपनी उम्र की सीमा से कहीं ज्यादा मुझे सँभाला और प्रबोधा था।

भय और आतंक छँटा, वह दहशत भी। जिन बहुत अपनों की मृत्यु की बात सोचकर ही एक रुँधती-सी सिहरन पसरती चली जाती थी, उनमें कितनों का चला जाना अब अतीत की एक घटना मात्र रह गई। बीता समय पिटारी-सा बंद हो चुका है; पर सन्नाटा साथ लगा है। जैसे मैं उसी के बीच भटकती रहने के लिए जनमी हूँ। जैसे मेरा वही सहमा हुआ पहला प्रश्न मुखौटा बदलकर मेरी कलम की नोक पर आकर टिक गया हो···

शुरुआती कुछ पंक्तियाँ ऐसी ही किसी मन:स्थिति में आप-से-आप बनती, रचती चली गई थीं। वह कोई वैराग्यशतक नहीं था। शायद उस अनाम बेकली को बाँट लेने की एक अवचेतनी कोशिश थी। अंदर पैठी यह खमोशी किशोरवयी कहानियों और कविताओं में भी जाने-अनजाने, जहाँ-तहाँ झलकती चली गई।

सचमुच सोचें तो लिखना है भी क्या! एक सतत भटकन, एक अनवरत शोध और इस दौरान मिल गए जवाबों को अलग-अलग खरादों पर जाँचते चले जाने की प्रक्रिया। पुन: प्रयोग और पुन: निदानों का एक अंतहीन सिलसिला।

जीवन भी तो कुछ इसी तरह है। एक अंतहीन यात्रा—पड़ाव बहुत सारे; पर गंतव्य कहीं नहीं। चलना, मात्र चलना। ठीक लिखने की तरह ही! इस दृष्टि से लेखन और जीवन में बहुत कुछ सादृश्य सा। दोनों एक-दूसरे से निरंतर पाते और बाँटते हुए गतिवान। महीन सुई की तरह यह कलम की नोक बेलबूटे काढ़ती चलती है जिंदगी की चादर पर!

यह कलम की नोक और कुछ नहीं, सिर्फ एक खरी नीयत और पक्के उसूल की माँग करती है। न जाने क्यों, आज हमने उसे आकाश छूती महत्त्वाकांक्षाओं के साथ जोड़ दिया है। सृजन के मूल सुख ने तृप्ति को दूसरा दरजा दे दिया है। उसे माध्यम बना लिया है, अपनी आकाशगामी, आकाशकामी आकांक्षाओं को पूरा करने के लिए। साध्य से साधन हो गया यह लेखन, वरना अपने आपको अक्षर-अक्षर रचते, बाँटते चलने की समूची प्रक्रिया ही कुछ इस तरह चलती है कि हम कहीं रह ही नहीं जाते। सब बाँट-बूँट बराबर। जीवन-

स्वत्व का पूरी तरह शब्द के समत्व में समापन कर। रह जाता है तो बस अक्षर-शब्दों में समाया एक प्रार्थना रूप। मात्र अंजलि में रचा-बसा होता है—'पाने' और 'बाँटने' का अपूर्व समायोग।

एक बात और, हमें जो मिला, हम वही तो बाँटेंगे। मुझे दुःख और अवसाद मिला; लेकिन लाड़-दुलार से पोर-पोर सिंचा हुआ, अपनेपन में समोया हुआ। बेगाने के नाम से बिदकता हुआ, इस अवसाद को, दुःख को मैं नकारात्मक नहीं मान सकती, क्योंकि इसके माध्यम से मैं करुणा और अपनेपन की विरासत सहेजने और बाँटने की कोशिश करूँगी-ही-करूँगी। बीहड़ संकटों, संघर्षों में अपने टूटे रथ की धुरी पर कोहनी लगाने के लिए जो ममता भरी बाँहें आगे आईं—जाने-अनजाने, वे सब भी लेखन के धर्मक्षेत्र में उतरेंगे ही। और भी तो, हर मोड़, डगर पर कितने-कितने विलक्षण अहसास, भाव-संपदाएँ और अजाने संबंधों के गहराते चले जानेवाले समंदर। इस समंदर की अतल गहराई में जाने पर प्रायः लगता है, जीवन कितना अभेद तिलिस्म···भेदते चले जाइए, एक के बाद एक चोर दरवाजे खुलते चले जाएँगे। तिलिस्म गहराता चला जाएगा और यह मन···मानव मन—(भगवान् बचाए इससे) हद का मोही, हद का निर्मम; पल में साधु, पल में महाप्रपंची चाटुकार। कभी सबकुछ लुटाकर बिछ जानेवाला तो कभी सब कुछ झपटकर हथिया लेनेवाला—अनगिनत, असंख्य, खुले-अधखुले और जकड़ बंद प्रकोष्ठोंवाला, रेशमी परदे से ढका एक नन्हा झरोखा। मैं प्रायः इस झरोखे से सटी देखती रह जाती हूँ अर्जुन की तरह अपलक, अवाक्—इसमें निहित अनंत विश्व ब्रह्मांड जैसी विस्मय-विमूढ़ कर देनेवाली क्रिया-प्रक्रियाएँ, गतिविधियाँ। चुपचाप इन प्रकोष्ठों में घुसने की जासूसी मेरी कलम अनायास किया करती है।

यह इतना सच शायद अब तक हर रचना के उत्सबिंदु के रूप में चला आता है। जीवन का वह पहला अवसादी अहसास आज भी भरी-पूरी महफिलों के बीच मुझमें पैठता चला जाता है। तो क्या निरंतर उस सन्नाटे को थहाते, खँगालते जाने के लिए ही लिखती हूँ? प्रश्नवाचक चिह्न हटा लीजिए, उत्तर मिल जाएगा।

लेकिन यह तो कोई वजनदार, साहित्य की चौखट पर रखने लायक बात लगती नहीं। कुछ निरी वैयक्तिक और सीमित-सी। लेकिन यह न वैयक्तिक

है, न सीमित ही। यह मन, यह उदासी, एक तन्हा ताल है, जिसमें बहुत-बहुत सारे नामी-अनामी चेहरों के अक्स हैं। इनमें सिर्फ वे सब ही नहीं, जो निरंतर संघर्ष करते हुए भी अपना प्राप्य नहीं प्राप्त कर पाए और जिंदगी किन्हीं अनाम वाजिब-गैरवाजिब कारणों से उनकी छँटनी करती चली गई, बल्कि 'वे' भी हैं, जो इस जद्दोजहद में तार-तार होते जाने के बावजूद पूरे जीवट से अपनी उदासी छुपाए, अपनों के लिए ताउम्र मुसकराते चले गए। इस तरह के दर्द को छुपाने में माहिर लोगों ने मुझे भरी महफिलों में बहुत विकल किया है। उनकी हँसी मुझे उस हिचकोले खाती किश्ती की पतवार सी लगी है, जो अपने चारों और घिरी घुटन और दर्द की सतह को जी-जान से काटती चलती है।

मैं ऐसी ही मुसकराहटों की ओट में हलके से दुबक लेती हूँ—कलम की आड़ में; अपलक विस्मित देखती हूँ, गुमनाम तड़प के उस मुहरबंद इतिहास को, जिसके सफे कभी न खुल पाने के लिए अभिशप्त हैं। दूसरे शब्दों में, इसे ही शायद अनकही पीड़ा का अभिषेक कहेंगे; हर रचनाकार से जीवन को मिलनेवाली करुणांजलि। आज से नहीं, आदि युग से—क्रौंचवध की पीड़ा से शुरू हुई 'स्व' को 'लोक' से मिलाती एक अजस्र धारा—व्यक्ति से व्यक्ति में, एक से अनेक में प्रवहमान होती चली जाती है, हर किसी का अपना ही सच बनकर। लेखन की चरम उपलब्धि यही है। छोर-अछोर व्यक्ति-समाज से उसकी साझेदारी। यही उसका कार्य, यही उसका काम्य। 'भुक्खड़ की औलाद', 'बाऊजी और बंदर', 'न किन्नी न' आदि ऐसे ही भावबिंदु से उपजी कहानियाँ हैं।

लेकिन यह साझेदारी, पलायन और हताशा अँधेरे और अविश्वास की हो तो इसका औचित्य? क्योंकि साहित्य को कभी समाज से निरपेक्ष देखा ही नहीं जा सकता। इसलिए सिर्फ खुदी की बुलंदी या खुदी के विलय पर विराम नहीं लगाया जा सकता। आपको हताशा, सन्नाटा और उदासी मिली है तो मिली है; भुगतिए उसे, पर आप उसे वैसा-का-वैसा नहीं बाँट सकते। बाँटना है तो इस तरह कि उसी हताशा के बीच से जूझते हुए, दम से बेदम होते हुए भी बूँद-बूँद अमृत निचोड़ ले जाया जाए। हमारी चादर भले ही तार-तार हो गई हो, पर जिसका साझा है हमारे लेखन के साथ, उनमें अपनी उधड़ी सीवनें छुपाने नहीं, बल्कि गूँथ और सँवार ले जाने का हुनर थमा जाएँ। हदें उलाँघती भौतिकता

आज साहित्य को भले ही अप्रासंगिक मान बैठी हो प्रत्यक्ष जनजीवन के प्रवाह से, लेकिन साहित्य अपने सरोकारों के प्रति सन्नद्ध रहेगा ही रहेगा। प्रचार साधनों की क्रांति के इस युग में कलम से किसी क्रांति की उम्मीद तो एक दिवास्वप्न ही कही जाएगी। पर यह भी निश्चित है कि घोर विध्वंसगामी प्रवृत्तियों से निजात भी साहित्य ही दिला सकता है। क्रांति के रूप में न सही, क्रमशः व्यक्ति में से एक बेहतर व्यक्ति को ढालने की अनवरत कोशिश में। स्रोत भले ही हमारा करुणा, अवसाद और अँधेरा हो, समापन अविश्वास, अनास्था और अँधेरे के बीच नहीं वरन् जीवन-आस्था के आलोक बिंदु पर ही होना है। ('गृहप्रवेश' और 'होगी जय…हे पुरुषोत्तम नवीन')।

लेकिन इस अर्थ, इस लक्ष्य को मात्र कागजी अभियान, विद्रोह और जागृति तथा चेतना के शंखनाद के साथ जोड़ देने से पूरी बात अरचनात्मक सी हो उठती है। इन शब्दों का बार-बार आलोड़न-विलोड़न और उछाल एक नकली आवेश को जन्म देकर रह जाता है; जबकि जरूरत आज एक मैच्योर समझ और बोध दे पाने की है।

पिछले दिनों 'दीक्षांत' (उपन्यास) लिखते हुए अंदर-अंदर कुछ ऐसी ही रस्साकशी चली। 'दीक्षांत' के नायक 'शर्मा सर' मर्मांतक, करुण परिस्थितियों से जूझ रहे हैं और मैं उन्हें एक पॉजिटिव जीवन-दिशा नहीं दिखा पा रही। मैं उनके हाथों में विद्रोह की मशाल क्यों नहीं थमा पा रही? क्यों नहीं क्रांति का बिगुल बजवा पाई, न्याय की प्रतिष्ठा करवा पाई। लेकिन नहीं करा पाई मैं ऐसा, क्योंकि शर्मा सर के आस-पास की स्थितियाँ ऐसी नहीं थीं। अतः वह एक नकली, कागजी समाधान होता। साथ ही एक व्यक्ति/अध्यापक की करुण मृत्यु से उत्पन्न स्थितियों की निर्ममता भी उकेरनी थी। छात्र-गुटों, यूनियन और निहित स्वार्थों के साथ वैयक्तिक स्तर पर व्याप्त संवेदनशून्यता तथा जड़ता भी उजागर करनी थी। सबकुछ पूरा सच ही; किंतु इन सबके बावजूद व्यक्ति पर से व्यक्ति के पूरे उठ गए विश्वास और संवेदनशून्यता को मन ने नहीं स्वीकारा। तब एक परिशिष्ट जोड़ा; जिसका उद्देश्य था, शर्मा सर के दोनों अनाथ बच्चों की शिक्षा-दीक्षा का भार एक मेधावी छात्र के पिता द्वारा स्वेच्छा से ले लिया जाना। यह मात्र अपनी या अपने जैसे बहुत से पाठकों की राहत के लिए। फिर भी खतरा तो उठाया ही, 'समर्थ चरित्र' की स्थापना न करने का।

इसी तरह नारी-जागरण, नारी-चेतना के इस युग में किसी मुखर, दबंग विद्रोही नारी-चरित्र की प्रतिष्ठा न करने का आरोप भी ('मेरे संधिपत्र', 'यामिनी कथा') मुझ पर लगता रहा है। मानती हूँ कि जीवन को, स्थितियों को देखने की मेरी दृष्टि ज्यादा गांधीवादी रही है। मैं परिवर्तन और बेहतरी के लिए विद्रोह से पहले विवेक को रखती हूँ। विद्रोह की विध्वंसक भूमिका मुझे जीवनोपयोगी कभी नहीं लगी। अब भी मानती हूँ कि जीवन की बहुत कम स्थितियाँ ऐसी हैं, जिन्हें विद्रोह के माध्यम से सुलझाया जा सकता है। वहाँ अभी पाने से पहले देना होगा। विद्रोह से ऊपरी और कानूनी परिवर्तन ही ज्यादा किए जा सकते हैं, शायद किन्हीं हदों तक सुरक्षा और सुविधाएँ भी प्राप्त की जा सकती हैं; किंतु जीवन के चरम काम्य—सुख, शांति और समरसता के संदर्भ में विद्रोह की भूमिका नगण्य ही होती है। व्यक्ति के मन-परिवर्तन, दृष्टि-परिवर्तन के लिए कहीं अधिक संयम, संतुलन और धैर्य की आवश्यकता है। और आज यही जीवन से लुप्त होता जा रहा है। नारी संदर्भों में तो अकसर यह बात विद्रूप में उड़ा दी जाती है कि युगों से सहते, संतुलन रखते क्या पाया हमने? लेकिन क्या उस 'अति' का उत्तर हम प्रतिस्पर्धी 'अति' से नहीं दे रहे? आवश्यकता इन 'अतियों' के बीच विवेक और संतुलन बिठानेवाली रचनात्मकता की है, स्थितियों और व्यवस्था के विरोध और विद्रोह की भूमिका से पूरी तरह सहमत होते हुए भी व्यक्ति के संवेदनात्मक ह्रास की चिंता भी उतनी ही प्रासंगिक है। नारी-अस्मिता, नारी-मुक्ति और स्वातंत्र्य आज की सबसे बड़ी चुनौती है; लेकिन उससे भी बड़ी चुनौती यह है कि हम विश्व को बचा ले जाएँ। लेकिन प्रकृति और अपनी परंपरा से मिले कुछ बहुत दुर्लभ गुणों को गिरवी रखकर नहीं। अब तक अच्छी तरह समझ लेना है कि पुराना सबकुछ पिछड़ा ही नहीं। इसलिए 'शुभ', स्वस्थ संस्कारों को अंधे कुएँ में डालकर भी नहीं। त्याग, निष्ठा, संयम, धैर्य और विवेक एक युग विशेष के लिए उपयुक्त हों और दूसरे के लिए अनुपयुक्त, ऐसा नहीं है, ये हर युग के सत्य हैं और अगर आज इन्हें नकारा या अस्वीकारा जा रहा है, इन्हें झुठलाने की बचकानी कोशिशें की जा रही हैं, तो उस सबसे विद्रोह भी हमारी रचनात्मकता का एक अंग होना चाहिए।

बह गई मैं। हँसेंगे लोग कि फिर वही त्याग, आस्था, सब्र जैसे शब्दों की

तोतारटंत! लेकिन मात्र नारी के नहीं, एक संपूर्ण व्यक्ति-संदर्भ में, आनेवाली पीढ़ी के लिए विशेष रूप से इन शब्दों की पुनः पड़ताल और परिभाषा आवश्यक है; क्योंकि सारी भौतिक उपलब्धियों के बाद भी जब व्यक्ति बेहद रीता और खाली महसूस करता है, (पश्चिम की अति-भौतिकता के परिणाम और नई पीढ़ी का भटकना इसका प्रत्यक्ष प्रमाण है) तब वह अघाया, ऊबा और थका मन इन्हीं शब्दों के आस-पास कहीं लंगर डालना चाहता है। एक बात और, जैसा प्रायः समझ लिया जाता है, ये शब्द कहीं से भी व्यक्ति की स्वतंत्रता, अस्मिता और चेतना के मार्ग में अवरोधक नहीं वरन् सहायक हैं। हमें सही निर्णय की सामर्थ्य और आत्मविश्वास सौंपनेवाले हैं, यह सब कहने का अर्थ 'आक्रोश' और विद्रोह की भूमिका को नकारना भी बिलकुल नहीं है। प्रायः मैं स्वयं ऐसे चरित्रों, स्थितियों के सान्निध्य में आई हूँ, जब लगा है 'विद्रोह' का एकमात्र विकल्प है इस घुटन से मुक्ति। क्योंकि सारे अन्य हथियार निरस्त हो चुके हैं। लेकिन यह निर्णय अन्य सभी अस्त्रों के उपयोग के बाद ही लिया जाना ठीक लगता है।

लेखकीय प्रकृति और संस्कारों का भी रचनाधर्म में बड़ा हस्तक्षेप होता है। उसके बाद उम्र के पड़ाव-दर-पड़ाव मिलते अनुभवों के पाथेय का। जहाँ तक मेरा सवाल है, मुझे मानवीय संबंधों की बड़ी ऊष्मा भरी विरासत मिली है। जिंदगी जैसे आस्था के फूलों की एक पिटारी सी, मोहबंधों के रेशमी बूटों से गुँथी-गथी। विराग की कल्पना मुझे आतंकित करती है, संन्यास मुझे सबसे बड़ा छद्म या चरम लाचारी की करुण परिणति लगता है।

बस जिंदगी की यही बहुत तल्ख, बहुत करुण, बहुत मीठी किताब, मैं डूब-डूबकर पढ़ती और उसकी प्रूफ रीडिंग करती रही हूँ। अपने हिसाब से गलत-सही भी महसूस। कितनी चीजें सीधे-सीधे ब्रैकेट में डाल दीं, कितनी जगह कॉमा, सेमीकोलन और डैश से काम चलाया, विराम तो किसी और के ही हाथ है।

—सूर्यबाला

बी-५०४, रूनवाल सेंटर
गोवंडी स्टेशन रोड, देवनार (चेंबूर)
मुंबई-८८

अनुक्रम

१

बिन रोई लड़की

वह लड़की अचानक एकदम सामने आकर खड़ी हो गई है!

घर का पूरा सामान करीब-करीब पैक हो चुका है। सिर्फ थोड़ी सी तितर-बितर चीजें और अपने लिखने की टेबल को छोड़कर—उसी पर झुकी मैं बेतहाशा कलम दौड़ाती जैसे किसी तेज बहाव में बहती चली जा रही हूँ।

हठात् मेज पर झुकी मैं चौंक पड़ती हूँ। दरवाजे के पीछे से दो बड़ी-बड़ी खूब कजरौटी आँखें झाँकी हैं और फिरोजी दुपट्टे का एक छोर आहिस्ते से लहराया है। लम्हे भर को वह झिझकी, शरमाई सी दरवाजे पर ठिठकी रही। फिर हँसती सी ऐन मेरे सामने आकर खड़ी हो गई।

"आंटी!"

हाथों में थमा लंबी डंडियों वाले खूब ताजा एस्ट्र्स के फूलों का गुच्छा उसने मेरी ओर बढ़ा दिया है।

"यह आपके लिए!" आँखें वापस एक निरीह संकोच से झुक गईं।

थामते हुए मैंने देखा, हरे-चमकीले फर्न से घिरे छह-सात ताजा एस्ट्र्स···पीले रेशमी रिबन से बँधे हुए!

"ओह—थैंक्स, थैंक्स-अ लॉट···बेहद खूबसूरत फूल हैं।" कहती हुई मैं ऊपर से नीचे तक बुरी तरह हड़बड़ा उठती हूँ। समूची चेतना पर एक भूकंप सा। सबकुछ उलट-पलट, डाँवाँडोल सा करता हुआ। उधेड़-बुनों में फँसा एक शक्की सवाल इधर-उधर से घेर-घारकर खुफियागिरी करता सा···यह? अचानक भला कहाँ से? कैसे, क्यों आ गई?

मेरी दृष्टि पड़ते ही वह सहमकर बेहद निरीह सी हो आई। जैसे आ तो गई, लेकिन अब कैसे, क्या कहे। साफ लग रहा था कि उसका दिल बुरी तरह धड़क रहा था।

फिर किसी तरह पूरी हिम्मत और शक्ति जुटाकर—

"कैसी हैं···आंटी आऽऽप?"

"मैं? अँ? हाँ, बिलकुल ठीक हूँ।" मैंने अपनी हकलाहट पर काबू पाते हुए कहा।

"लेकिन ठहरो, पहले मैं इन फूलों को वाज में अरेंज कर दूँ, है न!" और मैं उसकी आँखों का सामना करने से कतराती, फूलों का गुच्छा लिये किचन में भाग आती हूँ। मुझे सचमुच थोड़ा समय चाहिए था अपने को पूरी सहजता से पेश कर पाने के लिए, अपने छितरे वजूद को समेट पाने के लिए।

उफ, वह मीठी, निर्मल सी दृष्टि और मेरे अंदर आया झंझावात! यह, यह क्यों आई है? हो सकता है सिर्फ ऐसे ही। हमारा ट्रांसफर जो हो रहा है। कितने लोग आ जाते हैं ऐसे ही मिलने-जुलने, हाल-चाल पूछने, कोई मदद-जरूरत? लेकिन यह भला क्यों आई? (जैसे कि सब आएँ तो आएँ; लेकिन उसे तो बिलकुल नहीं आना चाहिए था।) आशंकित, चौकन्ने सवालों की थिगलियाँ वापस यहाँ-वहाँ बिखरने लग जाती हैं। यंत्रचालित सी मैं फूलों को एक खूबसूरत वाज में रख रही थी। फूलों से ज्यादा अपने आपको करीने से पेश कर पाने की हड़बड़ी। जैसे 'उसका' सामना करने को तैयार।

"देखो, कितने खूबसूरत लग रहे हैं न!"

मैंने वाज में सजे एस्ट्र्स कार्निस पर रख दिए हैं। उसने उसी संयत, सलज्ज भाव से मुसकराकर सिर हिला दिया है।

"आप हमेशा फूल बहुत अच्छे अरेंज करती हैं आंटी, ये गुलाब भी तो···"

मैं गर्वोन्नत हो अगराई हूँ। सचमुच, बीचोबीच काँच की गोल मेज पर मैंने आज सुबह ही ताजा क्रीम, गुलाबी और शोख लाल गुलाब सजाए थे।

और कॉर्नर की तिपाई पर रजनीगंधा की पाँच-छह डंडियाँ।

लेकिन मुझे इन दोनों के सामने जाने क्यों, सफेद एस्ट्र्स बेहद सीधे लग रहे थे। बहुत विन्रम, चुप, शांत, सहमे और संकोची! कुछ इस तरह, जैसे सारी

उम्र कोई अपने को समझे जाने के इंतजार में खड़ा रह जाए।

क्या मैं इस उदास और निरीह मुसकान का सबब जानती हूँ?

नहीं-नहीं, बिलकुल नहीं! जैसे पीछे से आकर कोई मेरा मुँह दबोच लेता है और मैं कतराकर चोर दरवाजे से निकल भागती हूँ। लेकिन मेरे साथ-साथ एक ढीठ सवाल भी मेरा पीछा करता मुँह बिराता चला आ रहा है कि मैं सहज भाव से उस लड़की से कुछ पूछ, कह क्यों नहीं पा रही? ठीक उसके सामने बैठी मुझे सामान्य शिष्टाचारजन्य हालचाल के दो-चार शब्द भी क्यों नहीं सूझ रहे? उलटे वही मुझसे बेहद शालीन लहजे में पूछ रही है—

"जा रहे हैं आंटी···आप लोग यहाँ से?"

"ओह! हाँ···देखो न, अब क्या कहें, जाना ही है।"

"कब तक?"

एक निरीह अवसाद में डूबे, काँपते से शब्द, अपने आपको बखूबी सँभाले हुए।

"कब तक, आंटी?"

बेहद सादा सवाल, लेकिन मेरा शक अब पक्का हो रहा है। मैं वापस चौकन्नी हो उठी हूँ। बड़ी चतुराई से पैंतरा मारकर बात को चौखानों में काट गई हूँ।

"बस···कभी भी, कुछ कह नहीं सकती! देखो न, सबकुछ बिखरा पड़ा है यहाँ-वहाँ।"

मेरे पैंतरे से अछूती वह। उसी भोली और निर्दोष सहानुभूति से चारों तरफ छितरी चीजों को देखती है।

"आऽऽफ···सचमुच थक जाती होंगी न! कैसे-कैसे क्या-क्या पैक करना, मैं खुद चाहती थी थोड़ी मदद···"

"नहीं-नहीं···" मैं तत्क्षण सहानुभूति की उस धार को काटकर दो टूक कर देती हूँ, "वह सब तो प्रोफेशनल-पैकर्स पूरी मुस्तैदी से कर रहे हैं, थैंक्स!"

वह फिर से सहमकर चुप सी हो रहती है।

मैं उसे चोर दरवाजे के पीछे से आजमाती हूँ। क्या यह जानती है कि मुझे इसके यहाँ आने का मकसद थोड़ा-बहुत मालूम है? लेकिन वह मकसद क्या सचमुच इसकी ढिठाई है? या किसी बेहद अनछुई अनुभूति की भावनात्मक

बगावत! एक तलफलाहट, एक निरीह, अवश लाचारी, नहीं···नहीं, यह सब सिर्फ मेरा अनुमान है। असलियत है तो सिर्फ इतनी कि मुझसे, मेरे परिवार से इस लड़की की थोड़ी-बहुत जान-पहचान मात्र है बस! साथ ही 'ब्राइडल मेकअप' यह बहुत बढ़िया करती है। इसीलिए अपनी बेटी के ब्राइडल-मेकअप के लिए खासतौर से इसे बुलवा भेजा था। सुनते ही इसने खुशी-खुशी स्वीकारा था और प्राणपण से इस दायित्व के निर्वाह के लिए जुट गई थी। मेरी बेटी को सामने बिठाकर तीन-चार दिन पहले से जाने कितने ट्रायल्स-कर करके मुझे दिखाए एप्रूवल के लिए। और विवाहवाले दिन तो उसकी तन्मयता देखकर मैं अभिभूत थी। एकदम सच कहूँ तो मेरी बेटी के शृंगार में तन्मय, वह मुझे अपनी बेटी से भी ज्यादा खूबसूरत दिखाई दे रही थी। एक तरफ से सभी ने वधू के शृंगार की भूरि-भूरि प्रशंसा की थी और अब मेरी बेटी नई-नई दुलहन बनी ससुराल में थी।

"मेधा अच्छी तरह है न, आंटी?" वह बहुत आहिस्ते से स्तब्धता तोड़ती है।

"हाँ-हाँ···खूब अच्छी तरह···" चौंककर हड़बड़ाते हुए मैं मन-ही-मन एक चोर अपराधी भाव से ग्रस्त हो जाती हूँ। छिह! एक वाक्य तक नहीं बोला, पूछा गया मुझसे। आखिर क्यों? और किस तरह एक चालू जुमले का जुगाड़ कर ले जाती हूँ।

"पिछले संडे आई थी मेधा, तुम्हें भी पूछ रही थी।"

"ओह, सचमुच।" मेरे शब्द जैसे उसे कृतकृत्य कर गए। उसकी उदासी में एक जगमगाहट सी कौंधी, लेकिन तुरंत विलुप्त भी हो गई।

उफ! कैसी दिख रही थी वह! किसी मर्म-बिंधी करुण रचना की शुरुआत सी। अचानक मुझे सूझा—काश! यह सबकुछ, ठीक ऐसा का ऐसा, मैं अपनी सद्यः प्रसूता रचना में उतार पाती। वह मेरी सबसे मार्मिक, भावमयी देन होगी साहित्य को—यह मीठी धार सी निर्मल दृष्टि, घनी बरौनियों के झुके छाजन और उनमें बहुत धीमे-धीमे टिमटिमाती एक नन्ही लौ।

नक्काशीदार सुनहली लाइनवाले बोन चाइना में लगे हुए गुलाब महिमामंडित आभिजात्य से हलके से झूमे हैं, रजनीगंधा की डंडियाँ आत्ममुग्धा सी शरमाई हैं, लेकिन एस्ट्र्स वैसे ही शालीन, विनम्रता से खड़े हैं, एक इंतजार सा करते हुए। सिर्फ उनमें एक सिहरन सी व्यापी है, जैसे सामने बैठी लड़की के प्रकंपित होंठों में।

एस्ट्र्स बोल नहीं सकते। लेकिन लड़की तो बोल सकती है।

उसके होंठ सचमुच फिर से काँपे हैं। लेकिन कहाँ बोली वह?

शायद वह जो कुछ कहना चाहती है, उसके लिए शब्द अभी ईजाद नहीं हो पाए हैं। इसलिए हर बार कुछ बोलने की कोशिश करती लड़की हारकर असहाय आँखों से एस्ट्र्स की ओर देखने लगती है।

और तब एस्ट्र्स बड़ी मुश्किल से किसी तरह सिर्फ इतना कह पाए हैं कि इस लड़की को अपना दर्द रोप पाने के लिए एक क्यारी चाहिए।

दर्द? हड़बड़ा गई हूँ मैं वापस।

दर्द-वर्द की बात कहाँ से आ गई बीच में! बात तो हरे फर्न, पीले रिबन और मेरी सद्यप्रसूता रचना की हो रही थी। उस खूबसूरत हदबंदी को तोड़कर दर्द की बात? और फिर कहाँ की यह लड़की, कहाँ की मैं जरा सी, बेगानी सी जान-पहचान। इसके किसी नाम, बेनाम दर्द के लिए मुझसे क्यारी खोदने की अपेक्षा करना जरा ज्यादती नहीं क्या? इसके किसी दर्द की जानकारी मुझे भला कहाँ से होगी?

तभी जैसे किन्हीं अदृश्य हाथों ने मेरी आवाज का गला घोंटकर धमकी भरे स्वर में पूछा है 'सचमुच नहीं पहचानतीं तुम इस लड़की के दर्द को?'

'न-नहीं', मेरी घुटती आवाज काँपी है।

पकड़ सख्त हो गई है, 'और इस लड़की को? इसे पहचानती हो या नहीं?'

'वह…वह मैंने कब नकारा! जानती हूँ। अगली लेन के तीसरे फ्लैट की बालकनीवाली लड़की है यह। कई बार, बैंजनी फूलों से लदी उस बॉलकनी के बीचोबीच रेलिंग पर झुकी दिखी है। फूलों के बीच से झाँकता उसका चेहरा! नरगिस के ताजा धुले फूल जैसा ही…और उस लेन, उस बॉलकनी के नीचे से गुजरता मेरा अलमस्त बेटा! सुबह जॉगिंग के ट्रैकसूट में, शाम को टेनिस का रैकेट उछालता, ऊर्जा शक्ति और जिंदादिली से सराबोर! शौक है उसे बॉडी बिल्डिंग का, कहकहे लगाने का और शोर-शराबा करके हंगामा बरपाने का!'

यह लड़की जब मेरी बेटी के शृंगार के ट्रायल्स किया करती थी, तब भी वह सारी-की-सारी इकट्ठी लड़कियों को चिढ़ा-चिढ़ाकर, खिझा-खिझाकर

परेशान कर डालता था। हँसा-हँसाकर उनकी आँखों में आँसू ला दिया करता था।

"तबीयत तो ठीक है न आंटी आपकी अब!"

"अँ?-हाँ-हाँ!"

"मेधा की शादी में कितना 'लो' हो गया था आपका ब्लडप्रेशर!"

'हाँ…' कहती हुई मैं सोच रही थी कि यह भी कैसी बात कि बगैर किसी ऊपरी जिक्र के यह लड़की भी उन्हीं घटनाओं, उन्हीं कालखंडों के इर्द-गिर्द घूम रही है, जिनमें मैं। कैसे वह ठीक उसी जगह चुपचाप सहमी सी आकर खड़ी हो जाती है, जहाँ मैं भटकती होती हूँ।

मेरा मन उससे कहने को हुआ कि हाँ, उस लो ब्लडप्रेशर के समय तुमने मेरी कितनी देखभाल की थी, मैं कभी उससे उऋण नहीं हो पाऊँगी , लेकिन तत्क्षण मैंने अपने आपको वह बेवकूफी भरी गलती करने से रोका और कृतज्ञता ज्ञापनवाली बात दरकिनार रखते एक चालू फिकरा जड़ दिया—

"और…तुम्हारे घर के सब लोग कैसे हैं?"

"ठीक हैं, आंटी।"

मैं जान-बूझकर पूरी चौकसी बरतती, प्रश्न ही ऐसे कर रही थी कि कहीं किसी भी छोर के सहारे वह अपनी सीमा उल्लंघन का दुस्साहस न कर बैठे। सचमुच वही हुआ। वह निरीह-सी रह गई। मौन लंबा हुआ, फैलाव इतना कि हम दोनों की असहजता उजागर-सी हो उठी। इस बीच उसके होंठ रह-रहकर खुले, फिर बंद हो गए, चिड़ियों के पंख फड़फड़ाते बच्चों से।

लेकिन अब तक उसने अपने काँपते होंठों को साध लिया है और किसी तरह पूरी शक्ति लगाकर पूछ गई है—याचना के से स्वर में—"आंटी—जहाँ आप लोग जा रहे हैं वहाँ का कुछ अता-पता?" और मेरी दृष्टि से दृष्टि मिलते ही घबराकर, "मम्मी पूछ रही थीं।"

"आँ?…पता?…कहाँ? अभी तो कुछ भी मालूम नहीं है अपना पता-ठिकाना।"

एक बहुत अवश, लाचार—"जी…अच्छा।"

घने कुहरे के बीच जैसे एक झील तरतराई हो, हताश थमी सी आँखें प्रश्न के रूप में एक अनुनय, एक याचना सी करती गिड़गिड़ा उठीं—'आंटी, क्या आप सचमुच नहीं समझीं?'

तब भी नहीं जब मेरी आँखों के सूनेपन का मर्म थहाती जया ने आकर आपसे बातों-बातों में पूछा था कि आंटी, स्नेहल आपको कैसी लगती है? और जब खुद-ब-खुद उसने जोड़ा था, 'बहुत अच्छी लड़की है, आंटी, बहुत संकोची, बहुत सीधी। अपना दुःख किसी से न कहने-बाँटनेवाली। मेरी मम्मी कहती है, कि मेरे कोई भाई होता न, आंटी, तो वे···' जितनी भी उम्र थी, अपनी सारी समझदारी जी-जान से लगा दी थी जया ने आपकी आँखों की थाह लगाने में।

हाँ, जया अपनी सीमा, सामर्थ्य भर जितना बन सकता था, कह गई थी। लेकिन शायद संकेतों की भाषा स्पष्ट होने के साथ ही मैं चौंककर नासमझ बन गई थी। यह नासमझी मेरी सबसे बड़ी समझदारी थी; जबकि मैं हर बार उसकी ढकी पलकों के उठते ही उसमें अपने अलमस्त, बिंदास बेटे के हजारों हजार अक्स एक साथ देख सकती थी। हाँ, वह रहा, वो क्या, बरौनियों के जाल बँधें और टेनिस के 'शॉट्स' से पैवेलियन गूँज उठा। पलकें उठीं और एक तेज ह्विसिल के साथ छपाक से स्विमिंग की फ्री-स्टाइल में उसकी डबाडब भरी आँखों में छपाछप हाथ मारता मेरा बेटा।

उफ! मैंने घबराकर उसकी ओर देखा है—यह लड़की कहीं रो ही न दे, लेकिन तभी वह उसी निरीहता में मुसकरा लेती है!

मुझे हैरत होती है। ऐसे भी कोई मुसकरा सकता है क्या?

ठहरो-ठहरो, एकदम यहीं···यह मेरी अजनमी रचना की प्राण-प्रतिष्ठा का चरम क्षण है। रुको, रुक जाओ—सहमे एस्ट्र्स और चटक गुलाबों के रंगो! रुक जाओ। भाव-भावना, अनुभूति और संवेदनाओं की ऊष्माओ! और, और इस लड़की की आँखों के आँसुओ···!

वहीं के वहीं रुके रहो सब-के-सब! अभी एकदम, अभी पहले प्राण-प्रतिष्ठा हो लेनी है, मेरी इस सद्यःप्रसूता रचना में। एक रचनाधर्मी के लिए इससे ज्यादा चरम आह्लाद के क्षण होते हैं क्या? उफ! कितनी अवसाद भरी अछूती प्रेम कथा! सामान्य, सतही प्रेम कहानियों से सर्वथा अलग।

"आंटी···"

प्राण-प्रतिष्ठा के चरम क्षण का आह्लाद खंडित होता है।

"चलूँ मैं···" पलकें झुकीं जैसे पंखुड़ियाँ झरी हों। "हम शायद अब कभी न देख, मिल पाएँ न, आंटी।"

पूरी शक्ति, पूरे साहस का जर्रा-जर्रा जोड़कर कहे कुछ शब्द। काँपे होंठ···जैसे आधी रात के समंदर का पूरा हाहाकार समेटकर बंद किए हुए हैं अपने अंदर।

और वह पूरा समंदर मेरी पथरीली चट्टान पर माथा पटककर अभी-अभी लौटा है।

"हम शायद अब···"

"अरे, नहीं-नहीं···ऐसा कुछ भी नहीं। जिंदगी में लोग मिलते-बिछुड़ते रहते ही हैं। लो, चॉकलेट लोगी तुम?"

उसने उसी भव्य शालीनता से हथेलियाँ बढ़ा दी थीं। और फिर चारों तरफ से जैसे अपने आपको पूरी तरह समेटते हुए उठ खड़ी हुई थी।

"तो फिर चलती हूँ आंटी···"

बूँद-बूँद अवसाद से उतरते स्वर।

मेरा सबकुछ जैसा-का-तैसा मेरे हवाले करते हुए।

मुझे पूरी आश्वस्ति और इत्मीनान सौंपते हुए, हलकी होती हुई मैं अचानक बेहद बेतुकेपन से कह पड़ती हूँ—

"अरे! अच्छा···सुनो, तुम मेरे साथ खाना खा लो न!"

कुछ इस तरह जैसे एवज में, फिरौती के तौर पर मेरा भी तो कुछ फर्ज है।

वह पूरी शिष्टता से कहती है कि माँ इंतजार कर रही होंगी। यह तो वह कॉलेज से लौटते वक्त ऐसे ही आ गई थी।

"बाऽऽय आंटी···"

उफ! रो पड़ती सी लड़की उसी गरिमा से मुसकराई है और दरवाजे से बाहर होती चली गई है।

कहानी बन चली है बेहद मार्मिक आपसे आप।

मैं सच कहती हूँ, अचानक मेरा जी चाहा है, मैं उसके पीछे भागती चली जाऊँ और उसका निरीह चेहरा अपने हाथों में थामकर कहूँ कि हाँ, मैं जानती हूँ तुम मेरे पास क्या कहने आई थीं और बिना कहे वापस चली जा रही हो। मैं जानती हूँ, क्या चाहती हो तुम और शायद मैं तुम्हें वह दे भी सकती हूँ, तुम्हारी पलकों के हर स्पंदन में मेरे बेटे का अक्स है—उसके अनजाने।

लेकिन मुझे माफ करना, मैं अपने बेटे को तुम्हारी इस बहुत निर्मल, बहुत

अछूती, कोमल भावना से, यही समझ लो, दूर रखना चाहती हूँ।

उफ! यही तो कहानी की मार्मिकता है।

तो? कहानी का पॅथॉस मैंने जीवन में भी उतार ही दिया।

दूर जाती हुई लड़की ने आखिरी बार मुझे पीछे मुड़कर देखा है और चली गई है।

मैं वापस लौटकर कार्निस पर रखे सफेद एस्ट्र्स को सहलाते हुए सोच रही हूँ, वह लड़की यहाँ से जाने के बाद कहाँ गई होगी?

शायद वह अपने मकान की छत पर जाए और मुँड़ेरों के साए में बैठकर एक खत लिखे, बिना पते का।

और फिर जिंदगी के तमाम बचे सालों में उस खत के लिए एक पते की तलाश करती रह जाए।

अचानक मैं चौंककर पलकें उठाती हूँ। एस्ट्र्स मेरी तरफ हैरान, विस्फारित आँखों से देख रहे हैं।

मैं घबराकर उठ आई हूँ।

जैसे एस्टर्स के फूलों ने लड़की को नहीं, मुझे मुँड़ेरों के साए में एक बिना पते का खत लिखते हुए देख लिया हो।

□

२

बिहिश्त बनाम मौजीराम की झाड़ू

मौजीराम झाड़ू लगा रहा है।

किसी सड़क, चौराहे या फटेहाल फुटपाथ पर नहीं, बल्कि डायमंड-टॉवर्स के विशालकाय कॉम्प्लेक्स में।

एक तरफ कतार की कतार शोख, भड़कीले रंगोंवाली चमचमाती इंपोर्टेड गाड़ियाँ और दूसरी तरफ डूप्लेक्स फ्लैटोंवाली डायमंड टॉवर्स की आलीशान, संगमरमरी इमारतें।

बीचोबीच मौजीराम झाड़ू लगा रहा है। जैसे झाड़ू नहीं लगा रहा, तख्ते-ताऊस से हीरे बुहार रहा हो या फिर अपनी प्रेमिका के बाल सँवार रहा हो!

महाप्रसन्न! सम्मोहित! परम गौरवान्वित! बीच-बीच में वह घड़ी-आधा घड़ी हाथ रोककर सुस्ताता है और अपने चारों तरफ विमुग्ध दृष्टि से देखने लगता है—

कैप सँभालते शोफर्स अपने यूनिफार्म से बड़ी अदा से चुटकी मारकर धूल झाड़ते, मालिकों के आने का इंतजार करते ड्राइवर्स और कुत्तों की लीश थामे उन्हें हवाखोरी के लिए ले जाते मुस्तैद नौकर!

झाड़ू लगाते-लगाते अनायास किसी इंपाला या मर्सिडीज के पास पहुँचने पर वह उसके चमकीले रंग पर हलके से हाथ फेर देता है। जैसे किसी गाय की पीठ पर।

कभी-कभी पास खड़े ड्राइवरों से एकाध दुआ-सलाम भी हो जाती है। मगनमन कार के, कार के मालिकों के बारे में कुछ पूछताछ भी हो जाती है।

और ड्राइवर जो भी जवाब दे, मौजीराम सुनते हुए हमेशा मंद-मंद मुसकराता रहता है। जैसे भागवत माहात्म्य सुन रहा हो।

कुत्तों की लीश थामे, आते-जाते नौकर अकसर मौजीराम को देखकर ठीक उसी तरह हाथ हिला देते हैं, जिस तरह उनके मालिक लोग एक-दूसरे को देखकर हाथ हिलाया करते हैं।

अंदाज कुछ इस तरह का—

'देखा! हम कितने खौफनाक कुत्तों के नौकर हैं—अल्सेशियन, डॉबरमैन, बॉक्सर…'

बेशक! मौजीराम की आँखों में मुग्ध प्रशंसा भरी सहमति होती है। होज पाइप, गमले और गुलदस्ते लिये मालियों का एक झुंड गुजरता है। मौजीराम फौरन झाड़ू रोककर कुशल-मंगल पूछता है। जाते-जाते माली उसे एक फूल तोड़कर पकड़ा देते हैं; जिसे मौजीराम खुशी-खुशी अपनी झाड़ू और डंडे के बीच बँधी रस्सी में खोंस लेता है।

ऊपर गुलमोहर के रंगीन साए, खिड़कियों से झूलती लेस की झालरें, नीचे चाटा-पोंछा अहाता, चमकीली गाड़ियाँ, यूनिफॉर्म, शोफर, डॉबरमैन, बॉक्सर। मौजीराम की सपनीली आँखें कहती हैं, दुनिया में कहीं बिहिश्त है तो यहीं है, यहीं है।

हर थोड़ी देर पर कोई-न-कोई चमचमाती कार सर्राती हुई गेट से 'पास' हो जाती है। पोर्टिको में गाड़ी खड़ी होने पर पहले साहब उतरते हैं, फिर हाथ का सहारा देकर साथ की 'मैडम' को उतारते हैं।

मौजीराम झाड़ू पकड़े-पकड़े ठिठककर, बड़े चमत्कृत भाव से गाड़ी से उतरनेवालों को एकटक निहारने लगता है, जैसे रामलीला का केवट-प्रसंग। कभी किसी को देखता पाकर झाड़ू लिये-लिये सलाम भी बजा देता है और जवाब पाने पर नवोढ़ा सा शरमाता झाड़ू लगाने लगता है।

पाँचवें माले के अपने डुप्ले फ्लैट से मैं उसे हर रोज ऐसे ही झाड़ू लगाते देखती हूँ।

कभी फोन की घंटी देर तक बजने और नौकर द्वारा न उठाए जाने पर, कभी एक के बाद एक गलत नंबर लगते और बजते जाने पर कभी किसी असभ्य, अनाड़ी द्वारा कॉलबेल जोर से दबा दिए जाने जैसे तमाम सारे कारणों

के अलावा भी कभी नौकर की बेअदबी, कभी बावरची की मुफ्तखोरी और कभी धोबी, ग्वाले के जाहिलपन से खीजी, झल्लाई, भिन्नाई हुई मैं खिड़की पर आ खड़ी होती हूँ। मेरे हाथों में 'हाउ टु अवॉएड मेंटल स्ट्रेस' या 'योगा, द बेस्ट क्योर' होती है।

और नीचे मौजीराम झाड़ू लगा रहा होता है। अतिप्रसन्न! जैसे किसी बेहद खूबसूरत माहौल में बेहद महत्त्वपूर्ण और नफासत भरा काम निपटा रहा हो।

अचानक मैं हड़बड़ा जाती हूँ। कहीं मौजीराम मुझे देख तो नहीं रहा? भाँप तो नहीं रहा कि पाँचवें माले की मेम साब आदमकद खिड़कियों के परदे के पीछे से झाँकती उसको झाड़ू लगाते हुए देख रही है।

उफ! कहीं उसने भाँप लिया तो? मैं चौकन्नी हो, झट परदों की पूरी आड़ में हो जाती हूँ।

अभी-अभी मेहराबदार गेट से सुर्ख लाल टॉयोटा दाखिल हुई है। वाचमैन ने उचककर सलाम ठोंका है। होज पाइप लगाते माली एक तरफ हट गए हैं। एक तपिश सी लहकती है मेरे कानों के कँगूरों तक। यह हमें तो नहीं ठोकता ऐसी चुस्ती से सलाम। जरूर उसे मालूम है कि हमारी इंपाला नहीं, सलेटी सी प्रीमियर पद्मिनी है। सलाम सवारियों से ज्यादा गाड़ियों को ठोके जाते हैं। ये टुच्चे चौकीदार, आया और नौकर तक पूरी जानकारी रखते हैं। किस साहब की गाड़ी इंपोर्टेड है और किसका कुत्ता अल्सेशियन। किसने कुत्ते के लिए वरदीदार नौकर रखा हुआ है, किसने बाबा और बेबी के लिए एंग्लो-इंडियन गवर्नेस, उन्हें जरूर मालूम होगा कि हमारे पास इन सारी मिल्कियतों में से कोई नहीं। उफ! कुछ नहीं है हमारे पास, न सुर्ख टॉयोटा, न एंग्लो-इंडियन गवर्नेस, न एलसेशियन···ओफ्फोह! नहीं है तो न सही। मुझे कोई टेंशन नहीं लेनी है। और बढ़े हुए ब्लड-प्रेशर के अंदेशे से मैं डॉ. बत्रा का नंबर घुमाने लगती हूँ। गेट से दूसरी गाड़ी दाखिल हुई है, हर पाँच-दस मिनट पर होती ही रहती है। बड़े-बड़े गोल गागल्स के दोनों तरफ कटे, झूलते बाल और उन्हें माथे के पीछे तक करीने से झटकाती हथेलियाँ। रेशमी नाखून। सिल्क व ब्रोकेड की झिलमिलाती पोशाकें और बमुश्किल कटावदार शरीर का संतुलन बिठाती नुकीली सैंडलें।

मौजीराम झाड़ू पकड़े खड़ा-खड़ा महामोही अभिभूत नजरों से देख रहा है, परम संतुष्टि से मगनमन मुसकराता; जैसे ये गाड़ी, ये शोफर, ये फूलगमले और अहाता यह पूरा-का-पूरा डायमंड टॉवर्स ही उसका है, समूचा माहौल। इस माहौल का एक-एक क्षण उसे सुख से सराबोर करता है। एक इंपाला से दूसरी इंपाला तक झाड़ू लगाने का सुख, रेशमी नाखूनों और नुकीली सैंडलों को सलाम बजाने का सुख। तरह-तरह के परफ्यूमों के गमकते झोंकों के बीच सलाम बजाने का सुख। देखो, देखो, हम कहाँ झाड़ू लगा रहे हैं। ये अल्सेशियन, डॉबरमैन और गुल्लक जैसे मुँहवाला बॉक्सर। एक हाथ में मुस्तैदी से लीश और दूसरे में छोटी सी स्टिक थामे नौकर···उचककर सलाम ठोंकता वाचमैन।

मैंने भी देखा है अपने पाँचवें माले की झालरदार परदेवाली खिड़कियों से कानों की कोर लहक उठी है।···तभी ऐन ऊपरवाले फ्लैट की खिड़की से पानी की दो-चार बूँदें टपकती महसूस हुई हैं। यानी उनकी इस तीसरी खिड़की में भी एयर कंडीशनर! जैसे गरम तवे पर पानी की बूँदें छनछनाई हों। उफ, छोड़ो भी। इधर देखो, हेल्थ फार्मिंग, नेचुरोपैथी और वो क्या कहते हैं? हाँ, विपश्यना योग साधना···शवासन···हाँ, शवासन···यानी थॉटलेस माइंड विचार-रहित मस्तिष्क, यानी?

कुमार की काहिली, बेपरवाही या अक्षमता का शर्मनाक नतीजा। अपने फ्लैट के सिर्फ एक कमरे में एयरकंडीशनर। सिर्फ एक खिड़की से टपकती बूँदें। जब भी पूछो, वही जवाब—सॉरी! टाइम नहीं मिला, याद नहीं रहा, जरूर बॉस ने सीधे-सीधे नकार दिया होगा। कंपनी लॉस में जा रही है। सीनियर एग्जीक्यूटिव के लिए कॉस्ट-कटिंग प्लान, भुगतनेवाले सिर्फ मिस्टर पंकज कुमार—अक्षमता की पहली मिसाल। इस खटारा फियट में ही अच्छे सीट कवर्स और कम-से-कम परदे तो लगवा सकते थे, लेकिन नहीं, पड़ा रहने दो, सबकुछ वैसे का वैसा ही। कुढ़ती रहे इन्हें देख-देखकर बीवी लगवाती रहे ब्लडप्रेशर, डायबिटीज और डीप-डिप्रेशन के इंजेक्शन!

छिह-छिह! शर्म से गड़ जाना पड़ा शीलू साहनी के सामने। जब वह ड्राइंगरूम में ए.सी. न लगे होने पर बड़े भोलेपन से विस्मित होती रही और हर मिनट-दो मिनट पर उँगलियों में फँसे रूमाल से बेबात पसीना थपथपाती रही। हजेलाज ने भी तो इतने ही ताज्जुब से पूछा था—यू डोंट लाइक पेट्स?

अब 'कुमार को कुत्ते पसंद नहीं' जैसा फूहड़ जुमला मैं कैसे बोल पाती? जबकि मोना के यहाँ घुसते ही उनका डॉबरमैन तब तक चारों तरफ से झिंझोड़ता रहता है, जब तक अंदर से आती मोना हजेला 'ओह! यू नॉटी ब्वॉय' कहकर उसे गले से नहीं लिपटा लेती और इस फख्र से अपने मेहमान की तरफ देखती है, जैसे उसने इस शानदार स्वागत की बाकायदा तैयारी कर रखी थी।

बहुत पीछे पड़ने पर कुमार ने एक बड़े कुत्ते पर आनेवाले खर्च का चार आँकड़ों वाला ब्योरा खींचकर बेतकक्लुफी से कहा था—'खर्च तुम्हें करना है, मरजी तुम्हारी। चाहे कुत्ते पर खर्च करो, चाहे कॉस्मेटिक्स पर।'

तिलमिलाहट का एक लावा सा फूटा है। उफ! ऊपरवालों के एयर कंडीशनरों से फिर ठंडे पानी की बूँदें टपकी हैं। वाचमैन ने फिर किसी को सलाम ठोका है। मालियों ने होज पाइप हटाकर किसी को रास्ता दिया है।

शवासन का सेट दुबारा रिवाइंड करना पड़ा है।

मौजीराम बाउंड्रीवाल से टिका ढीला हुआ झाड़ू कसकर बाँध रहा है। बगल में खैनी मलता, सात मालेवालों का बावरची अपने साहब लोगों के सिंगापुर से लौट आने की खुशखबरी सुना रहा है। जिसे सुनकर मौजीराम गद्‌गद हो एक गीत गुनगुना उठता है, जिसका आशय है—राजा राम अवधपुरी लौट आए और···चारों ओर आनंद बधावे बज रहे हैं। बावरची चुटकी पर ताल देता रहा। तब तक खैनी तैयार हो गई।

दोनों ने बराबर-बराबर फंकी मार ली है। मौजीराम की झाड़ू भी बँध गई है। उसने झाड़ू कंधे पर हनुमानजी की गदा की तरह उठा ली है, जैसे रामदरबार में महाभक्त हनुमान। गालों के बीच दबी खैनी, मुफ्त की···और कंधे पर, दिन भर का काम सुलट जाने पर धरा झाड़ू। मस्ती का खुशगवार आलम। मौजीराम अपनी महाबेसुरी, नकनकाती आवाज में दूसरा गीत गुनगुना उठा, भक्ति रस से सराबोर—'गदा ले लड़े वीर हनुमान समर में छटक-छटक खेलें।'

तभी पोर्टिको में सनसनाती हुई एक इंपाला आकर खड़ी हो गई है। ड्राइवर ने फुरती से दरवाजा खोला है। चमचमाते बूटोंवाले साहब और नुकीली सैंडलोंवाली मेमसाहब हाथों में हाथ दिए उतरे हैं। वाचमैन के चेहरे से गुलाब झड़े हैं। होज पाइप समेटे माली जहाँ के तहाँ ठगे-से···।

कसी हुई झाड़ू पकड़े मौजीराम मंत्रमुग्ध, सम्मोहित खड़ा हो गया है।

उसकी आँखों का समूचा दायरा रंग और रोशनी से नहा उठा है। उस महिमा-मंडित रोशनी में सराबोर मौजीराम के हाथ अभिभूत भाव से सलाम में उठ गए हैं।

और इधर खिड़की से झाँकते मेरे चेहरे के आर-पार एक लपट सी लहकी है। जैसे चारों तरफ असंख्य भट्ठियाँ दहक रही हैं। आँखों के कोए तरतराए हैं और मेरा समूचा वजूद एक बेनाम बेचारगी एवं तिलमिलाहटों की तहों में घुटता छटपटा उठा है।

अचानक सलाम में उठी मौजीराम की आँखें मेरी खिड़की से टकराई हैं। अपार विस्मय, हैरानी तथा सच्चे करुणा भाव से उसने मुझे इस तरह देखा, जैसे पवनपुत्र हनुमान ने अशोक वाटिका में शोक संतप्त सीता मैया को देख लिया हो।

□

३

कागज की नावें, चाँदी के बाल

मैं बहुत छोटी हूँ, वैसा ही वह भी। सिर्फ दो दरजे ऊपरवाली क्लास में। अपनी कोठी की घुमावदार सीढ़ियों पर बैठी मैं रंग-बिरंगे चित्रोंवाली किताब से 'सुनहले बालोंवाली राजकुमारी' की कहानी जोर-जोर से पढ़ रही हूँ, वह ठोढ़ी पर हाथ धरे सुन रहा है।

एक थी राजकुमारी, वह बहुत सुंदर थी। उसके बाल सुनहले थे। जब वह हँसती थी तो केतकी के फूल झरते थे और जब रोती थी तो ढुर-ढुर मोती। एक दिन राजकुमारी नदी में नहा रही थी। उसका एक सुनहला बाल टूट गया। राजकुमारी ने उस बाल को पत्तों के एक दोने में रखा और नदी की धारा में बहा दिया। धार में बहते-बहते दोना बहुत दूर निकल गया; जहाँ एक राजकुमार शिकार खेलने आया था। थके-माँदे राजकुमार को प्यास लगी तो वह नदी के किनारे आया। राजकुमार अंजुलि में भरकर पानी पीने जा ही रहा था कि उसे बहते हुए दोने में सुनहला बाल दिखा। राजकुमार ने बाल निकाल लिया और अपने महल लौटकर हठ कर बैठा कि 'पिताजी! मुझे तो सुनहले बालोंवाली राजकुमारी चाहिए।'

"तूने किसी राजा का राजमहल देखा है?" अचानक वह ठोढ़ी से हाथ हटाकर पूछता है।

"नहीं तो, लेकिन एक बार पिताजी मुझे एक जागीरदार साहब की हवेली में ले गए थे, खूब बड़ी हवेली थी उनकी।"

"तुम्हारी कोठी से भी? खूब बड़ी?"

"हाँ—बहोत।"

"और राजा लोगों के महल उससे भी कहीं ज्यादा बड़े न!"

"और नहीं तो क्या तुम्हारी पंचकुठरिया जितने— ?"

वह ठिलठिलाकर हँस पड़ा। मैं खुद भी। उसकी पंचकुठरिया और राजमहल की आमने-सामने की कल्पना इतनी हास्यास्पद थी कि हम दोनों को हँसा-हँसाकर लोटपोट किए दे रही थी। और कामकाज में लगे हुए आस-पास के छोटे-बड़े लोग हमें अजीब बेवकूफी भरी और नागवार नजरों से घूरे जा रहे थे।

पंचकुठरिया हमारी कोठी के सामने बंजर मैदान में बनी एक अधफूटी सी इमारत थी; जिसमें एक सीधी कतार में सिर्फ पाँच कोठरियाँ और पाँच दालान किसी ने किराए पर उठा देने की गरज से बनवा दिए थे। इन्हीं में से एक कोठरी में वह अपने माँ-बाप और छोटे भाई-बहनों के साथ रहता था।

हम दोनों एक ही स्कूल में पढ़ते थे। वह दो दरजा ऊपर, मैं दो दरजा नीचे। मैं ताँगे से स्कूल जाती, वह पैदल। लेकिन तब भी हम घर से एक ही टाइम निकलते और एक ही टाइम लौटते थे। क्योंकि वह पैदल-पैदल गली, मैदान और छोटी पगडंडियों के सहारे फलाँगता-फलाँगता जल्दी पहुँच जाता; जबकि मेरा ताँगा चौड़ी तारकोली सड़क से हटो-बचो पुकारता खदराता हुआ जाता। वह चप्पलें पहनता, मैं बक्सुए वाली सैंडिल। अकसर जब मैं स्कूल से लौटकर ताँगे से उतरती होती तो वह भी मैदान के बीचोबीच से रास्ता काटकर हाथ के बस्ते को चरखी की तरह घुमाता, उछलता-कूदता लौट रहा होता। फिर हम दोनों खूब बातें करते कि आज हमें पढ़ाया गया और हमें यह। हमें इस कविता की यह ट्यून बताई गई, हमें यह। हम अपनी सीखी कविताएँ भी गाकर एक-दूसरे को बताते और उस दिन के सीखे पहाड़े दुहराते। फिर वह अपनी पंचकुठरिया में चला जाता, मैं अपनी कोठी में।

मुझे कोठी के बाहर जाने की इजाजत नहीं थी, उसे कोठी के अंदर आने की। यह कभी किसी ने कहा नहीं, बस एक समझी, स्वीकारी हुई बात थी। उसके आने की कोई मनाही नहीं थी। वह आता, हम दोनों बाहर सायबान या अगल-बगल अपने अहाते में उछल-कूद लेते। और साथ-साथ ढेर सारी रंग-बिरंगी कहानियाँ पढ़ लेते। वह कौतुक से पूछता, 'राजा लोगों के महल कितने

बड़े होते होंगे आखिर?'

या फिर—

'राजकुमारियाँ कितनी सुंदर होती होंगी?'

मैं ईर्ष्या से हुमककर कहती—'हुँह, सोने-चाँदी के बाल होंगे तो सुंदर दीखेंगी ही, है कि नहीं?'

एकाएक वह खिलखिलाकर हँस पड़ा। मैंने पूछा, "क्यूँ हँसा?" तो बोला—

"मैं सोच रहा हूँ, अगर तेरे बाल सुनहरे हो जाएँ तो कैसी दीखेगी?"

यकायक अपने लिए इतनी जबरदस्त कल्पना मैं नहीं कर पाई। अचकचाकर बोली—

"अरे बुद्धू! मेरे बाल सोने के कहाँ से हो जाएँगे, मैं क्या कोई राजकुमारी हूँ?"

"अच्छा तो चाँदी के ही सही, रुपहले-रुपहले बाल।"

एकाएक मुझे याद आया, रुपहले बाल तो बूढ़ी बुआजी के हैं

"अरे, तब तो मैं बूढ़ी हो जाऊँगी। बिलकुल बूढ़ी सी, अच्छी क्या खाक दीखूँगी?"

"वाह! क्यूँ नहीं दीखेगी? खूब अच्छी दीखेगी, खूब अच्छी। जैसी अभी दीखती है, उससे भी ज्यादा अच्छी, चाँदी के तारों जैसे बालों में।"

वह मेरी 'बूढ़ी' की कल्पना के करीब फटके बिना वैसा ही मगन हँसता हुआ कहे जा रहा था। वह बेहद हँसोड़ था। नकलें भी बड़ी बढ़िया उतारता, स्कूल के टीचरों के डपटने, चपरासी के हड़काने और प्रार्थनावाले पंडितजी के नकनकाने की; हम जब भी इकट्ठे होते, वह एक के बाद एक नकलें उतारता जाता, मैं खिलखिलाती जाती। फिर ऐसी आदत पड़ गई कि वह आस-पास न भी होता तो भी मैं उसकी किसी नकलवाली मुद्रा को सोचकर ही खिलखिला पड़ती।

तब आस-पासवाले फिर हमें हैरत से देखने लगते। यह एक बहुत पुराना सिलसिला अभी तक, अधेड़ हो जाने तक चला आता है। जाने-अनजाने प्रसंगों के बीच अचानक उसकी कोई बात याद आ पड़ती है और मैं बरबस मुसकरा पड़ती हूँ। ध्यान तब आता है जब मेरे पति या बच्चे मुझे टोककर होश में आने

के लिए कहते हैं। और क्षण भर के लिए मैं एक अनाम अपराध-बोध से ग्रस्त हो जाती हूँ। लेकिन चूँकि ऐसा बहुत कम ही होता है, जबकि मैं पति-बच्चों से घिरी रहती होती होऊँ, इसलिए मौका पाते ही 'वह' खिड़की से अंदर फलाँग लेता है और हमारी बेबात की हँसी-ठिठोली शुरू हो जाती है। कभी-कभी गंभीर वार्त्तालाप भी—

जैसे एक-दूसरे के डिब्बे का टिफिन खाते हुए।

मैं कहती हूँ—'तुम्हारे डिब्बे की रोटियाँ खूब नरम होती हैं न!'

'हाँ, मेरी माँ उनमें घर का ताजा मक्खन चुपड़ती है। बहुत थोड़ी सी शक्कर भी, तुम भी अपनी माँ से मक्खन चुपड़ने को कह दो।'

मैं कहती हूँ, 'मेरी माँ नहीं है।'

और उसका चेहरा हैरत से उतरता चला जाता है, 'तो तुम्हें टिफिन कौन देता है?'

'मिसरानी!'

'तुम्हारी चोटियाँ कौन गूँथता है?'

'बड़ी बुआजी।'

'और बीमार पड़ने पर दवा कौन देता है?'

'कभी पिताजी, कभी मिसरानी, कभी चमेली।'

'और गलती करने पर चाँटे कौन लगाता है?'

'कोई नहीं।'

यह उसके लिए बेहद अजूबी बात थी। वह थोड़ी देर गुमसुम सुनता रहा, जैसे कहीं फटाफट नोट करता जा रहा हो, फिर जैसे एकदम पूछ बैठा—

'तुम्हें रात में कभी डर नहीं लगता?'

प्रश्न इतना छोटा नहीं था। इससे लंबा था और इससे बहुत गहरा भी कि तब तुम क्या करती हो?

'ऐसे ही, बड़ी बुआजी को बुलाने लगती हूँ, पर उन्हें तो कम सुनाई पड़ता है न तो चमेली, लेकिन वह भी थकी होती है। उनींदी आवाज में कहती है—अरे, कहाँ कुछ भी तो नहीं बिटिया, सो जाओ, सो जाओ बिटिया या फिर हनुमान चालीसा पढ़ने को कहकर करवट बदल खुद सो जाती है।'

फिर मैं उससे पूछती हूँ—'तुम्हारी माँ हैं? कैसी हैं?'

वह उसी तरह खिलखिलाकर हँस पड़ा, 'मेरी माँ? तुम देखोगी तो खूब हँसोगी। वह तुम्हारी बुआजी की तरह सफेद झक साड़ी थोड़ी न, एकदम लुगड़ी-फुगड़ी सी साड़ी पहनती है और सिंदूर का टीका लगाए, चूल्हे में गोल-गोल रोटियाँ फुलाती रहती है। क्रीम-पाउडर कुछ नहीं उसके पास; लेकिन वह सिर्फ आधा सेर दूध में ही छाछ, दही, मक्खन, सब कर लेती है और फिर उन्हीं उँगलियो् से हाथ-मुँह सब चिकना कर नहा लेती है और पैरों में ढेर सारा महावर लगा लेती है।'

'तुम मुझे अपनी माँ को दिखाओगे?'

'हाँ-हाँ, चलना; लेकिन कैसे?'

ऐसे कि एक दिन मैं दोपहरी को चुपके से खिड़की फलाँग गई थी और बेहताशा उसका हाथ पकड़े हाँफते-हाँफते पंचकुठरिया पहुँच गई थी।

उसकी माँ और बहनें मुझे देखकर चकित, चमत्कृत थीं, जैसे वह कोई वर्जित, लेकिन साहसिक काम कर गुजरा हो। कुछ बेहद दुर्लभ सी चीज उठा लाया हो।

'यह, यह राजी है, कोठीवालों की लड़की, राजरानी।'

उसकी माँ मुझे किसी बड़ी प्यारी, कोमल और कीमती वस्त्र की तरह मुग्ध दृष्टि से देखे जा रही थी।

'तुम्हारी मक्खन और शक्कर चुपड़ी रोटी रोज यही खाती है। इसे अपनी मिसरानी के तेल बोथे पराँठे, सब्जी और अचार बिलकुल नहीं भाते। मोहनथाल और इमरतियाँ भी नहीं।' वह प्रशंसा के भाव से बिलकुल नहीं, सिर्फ हकीकत के तौर पर बयान करता जा रहा था।

उसका छोटा भाई मेरी रेशमी फ्रॉक पर आराम से हाथ फेरता जा रहा था और उसकी बहनें मेरी बक्सुएवाली सैंडलें आँख बचा-बचाकर देखे जा रही थीं। मैं उन सबकी उस दिन की उपलब्धि थी।

अचानक वह कह बैठा—

'इसके 'माँ' ही नहीं है।' (दुःख, सहानुभूति नहीं यहाँ भी। मात्र हकीकत बयानी।)

और तड़ाक्, जैसे हर किसी के चमत्कृत से दीखते चेहरों पर सनसनाकर कुछ बैठ गया हो। सबके चेहरे अवाक्, तब वह जैसे सबको जगाता सा बोला—

'लेकिन इसके घर मिसरानी, चमेली, दरबान और बड़ी बुआजी हैं। भोंपूवाला ग्रामोफोन और बघर्रे की खालें भी। इसके दरबान के पास भी कोट है और पिता के पास विलायती हैट!' जैसे किसी दूसरे लोक की अजीबोगरीब बातें बता, सुना रहा हो।

खुद मैंने ही क्या कम अजूबी बातें देखीं उसके यहाँ! मेरी फ्रॉक और बक्सुएदार सैंडलों का सम्मोहन तो बहुत थोड़ी ही देर रहा। उसके बाद तो उसकी एक बहन मेरे दोनों हाथ पकड़ तेज-तेज चकरी घूमने लगी और दूसरी घर के सामने इकड़ी-दुकड़ी खँचाने लगीं। छोटा भाई और बहन सड़क से गुजरते रंग-बिरंगे गुब्बारों और पिपहरी के लिए माँ के कंधों पर झूलकर ठुनकने लगे। भाई तो इतना जिदियाया कि उसकी पीठ पर एक भरपूर धौल भी पड़ा धप्प से। इससे बाकी के सारे खिलखिलाकर हँसने लगे और भाई पैर फैलाकर चीखने लगा। तब तक बंदर के नाचवाला आ गया और सब बच्चों के साथ भाई भी रोना भूलकर नाच देखने के लिए भागा। लेकिन चूँकि उसका छुटका भाई बड़े बच्चों के बराबर तेज भाग नहीं सकता था, इसलिए बड़ी बहन ने उसे अपनी गोद में लाद सा लिया।

नाच देखकर लौटे तो उसकी माँ ने पीतल की एक तश्तरी में तुरत-फुरत चूल्हे पर सिंकी और जरा सी मक्खन चुपड़ी खूब नरम सी रोटी मुझे खाने को दी।

फिर बड़े प्यार से पूछा—

'तुम्हें अच्छी लगती है न?'

मैंने खाते-खाते 'हाँ' में गरदन हिलाई।

'मैंने अभी ही जरा सा मक्खन निकाल लिया, ये सब तो रोज ही खाते हैं।'

वह हँसा, 'इसका मतलब हम सब कल रूखी रोटी और नमक खाएँगे न!'

'तो क्या?'

उसका छोटा भाई बड़े भोलेपन से बोला, 'जो यह रोज आएगी तो हम रोज रूखी रोटी खाएँगे?'

सबके सब जोर से हँस पड़े।

माँ बोली, 'रोज इसे आने ही कौन देगा? अब इसे जल्दी से पहुँचाओ। नहीं तो इसे डाँट पड़ेगी।'

उसकी माँ ने ठीक ही कहा था।

लौटने पर पिता की कड़कदार आवाज गूँजी और उसी के साथ एक भरपूर चाँटा। बुआजी जल्दी से खींचकर ले गईं और मेरे गालों पर उभरी ललछौंही कतारों पर मरहम मलने लगीं। मरहम मलते-मलते बुआजी समझाती जा रही थीं, अपनी खानदानी इज्जत और साख समझा कर बेटी। तेरे पिताजी की इससे तौहीनी होती है न! तुझे क्या पता, वे कोरट में कितने मुकदमों की पेशियाँ, कितना पैसा पानी की तरह बहाने के बाद तुझे तेरी माँ से जीतकर लाए हैं।

उस दिन मैंने एक खबर की तरह जाना कि मेरी भी माँ है। उतनी छोटी मुझे खानदान, कोठी-दबदबा जैसे शब्द साफ-साफ समझ में नहीं आ रहे थे, लेकिन 'तौहीनी' का मतलब समझते वक्त अचानक मेरी आँखों में गरम रोटी पर धरी एक छोटी सी मक्खन की डली पिघलने लगी, बस। बड़ी होने पर जाना कि चूँकि मेरे पिता मुझे खानदानी इज्जत के रूप में, अपने दबदबे के बल पर कोर्ट से जीतकर लाए थे, इसलिए कहीं-न-कहीं यह जरूर चाहते थे कि मैं उनकी बेटी की तरह रहूँ, अपनी माँ की बेटी की तरह नहीं। मेरी माँ और मेरे पिता की यह कहानी मेरी जिंदगी के हर छोटे-बड़े मोड़ पर मुझसे उलझती, ठोकरें लगाती रही। सारे मान-सम्मान और समाज में बाइज्जत हाथो हाथ ली जाती हुई मैं अलग हो गई। माँ और अलग हो गए पिता की बेटी के दयनीय सच के साथ हमेशा जोड़ी गई, ससुराल में भी। बेटी-बेटों के सामने भी सिर्फ चर्चा भर ही। मेरी बुराई, आलोचना कुछ नहीं।

उस दिन के बाद फिर कभी नहीं गई उसके घर। हफ्ते-दस दिनों बुखार में पड़ी रही। अच्छी होने पर भी नौकरों को मेरी हर सुख-सुविधा के लिए मिले निर्देशों की कड़ी निगरानी में···कोठी में ही आँगन, दालान, बारजों, बरसातियों में टहलती-भटकती रही।

अचानक एक दिन देखा—एक ठेले पर कुछ खाट-खटोली, गद्दे-गद्दियाँ और चूल्हे-चौके के मर्तबानों सहित सारा सामान लदा चला जा रहा है, वे सब भी उसी ठेले के पीछे-पीछे जा रहे हैं; उसी शहर में कहीं और रहने।

मैं अब भी उसी शहर में हूँ। पिता मुकदमे में जीती हुई अपनी प्यारी बेटी को इस कोठी सहित सारी जमीन-जायदाद दे गए हैं। मेरे पति-बच्चे सबकुछ सँभाल रहे हैं।

लेकिन मैं एक असंभव सी प्रतीक्षा कर रही हूँ। अकसर अंदर एक हलकोर सी उठती है, जब लगता है कि वे सब-के-सब भी इसी शहर में कहीं होंगे।

वह सबकुछ उस उम्र के साथ ही क्यों नहीं खत्म हो गया? क्यों एक कचोट सी अभी तक बाकी है, और किस बात की? क्यों, वह उम्र की सारी सीढ़ियाँ फलाँगता इन उतरती सीढ़ियों पर भी मुझसे पहले ही बैठा ठिलठिलाकर हँसता नजर आता है?

जब भी उदास होती हूँ, वैसा ही खिलखिलाता मैदान, पार की पगडंडियों से दौड़ता वह मेरी खिड़की के रास्ते उचककर अंदर फलाँग जाता है। मेरी साड़ी तब चुन्नटदार फ्रॉकों में बदल जाती है और पाँवों में बक्सुएवाली सैंडलें।

'राजी! आओ चलें!'

'कहाँ?'

'जंगली बेरों के भीटों पर या फिर तुम्हारी कोठी के ही पिछवाड़े, झाड़-झंखाड़ों के बीच लाल घुँघरुओंवाली घुँघुचियाँ तोड़ने, पीपल की पत्तियों को पान बनाकर बीड़े लगाने और सूखी चिलबिलों से पतली चिरौंजियाँ निकालने।'

अरे, इसे कैसे मालूम कि सचमुच मेरा मन कोठी की पुरानी दीवालों की दरारों में उग आए पीपल के पत्तों के पान बनाने को करता है। लाल घुँघचियाँ और सूखी चिलबिलें बीनने का भी।

'लेकिन मेरे पति, बच्चे उनका नाश्ता-खाना!'

'उस सबसे कोई रोकता थोड़ी है तुम्हें, सब सलटाकर या उन्हीं के बीचोबीच।'

सचमुच?

जैसे अभी, अचानक शीशे के सामने खड़े होकर माथे के दाहिने किनारे से उठती सफेद बालों की एकमुश्त कतार दीखी है, मन अनजाने अवसाद में डूबा है कि पीछे से वह ठिलठिलाकर हँस पड़ा है, मैं कहता था न कि तू खूब अच्छी दीखेगी, खूब अच्छी। चाँदी के तारों जैसे बालों में।

बस मैं पूर्ण विश्वस्त परम निश्चिंतता से मुड़ गई हूँ। जैसे माथे पर चाँदी का 'ताज' पहना हुआ हो।

बाहर धाराधार बारिश हो रही है और दूर मैदान के बीचोबीच खड़ा चिलबिल का पेड़ भीग रहा है।

मैं अचानक मुड़ी हूँ और चमकीले कागजोंवाली पुरानी पत्रिकाओं से चिकने, मोटे कागज निकालकर ढेर सारी छोटी-बड़ी रंग-बिरंगी नावें बनाने लगी हूँ।

मेरा समझदार, बड़ा हो गया बेटा हैरत से टोकता है—मम्मी, यह···यह क्या?

'नावें' मैं खुशी से किलकती हुई कहती हूँ, चलो इन्हें सड़क के किनारे तेजी से बहते पानी में बहाते हैं, थोड़ी नावें तू भी पकड़ तो!

हतबुद्धि सा वह पहले अचकचाता है, फिर बाकी बची नावें उठा लेता है—नावें हथेलियों में दुबकी चिड़ियों सी दीखती हैं।

और बरसती बूँदों में, मेरा हठ रखने को ही मेरे पीछे-पीछे आकर ढाल पर इकट्ठा हो तेजी से बहते पानी की धारा में एक के बाद एक नावें बहा देता है।

मैं माथे का पानी निचोड़ती मुग्ध, उत्फुल्ल देखती हूँ, नावें चली जा रही हैं, नाचती, थिरकती, अटकती, फिर बहती तेज-तेज ढलान की धार में।

और अचानक एक सपना सा देखती हूँ मैं। बरसती बरसात का यह हलकोरता पानी ढलानों से बहता हुआ एक कोठरी के दरवाजे से जा लगा है। वहाँ एक छोटा सा लड़का चहककर एक नाव उठा लेता है और कुतूहल से देखता है, उसमें रखा एक रुपहला चाँदी के रेशे-सा बाल।

□

एक लॉन की जबानी

मैं ? कोई मामूली शख्सियत नहीं हूँ।

इस महानगर की सबसे धनीमानी और अत्याधुनिक बस्ती के बीचोबीच, अर्द्धचंद्राकार नहीं, बल्कि अर्द्धअंडाकर फैला 'लॉन' हूँ मैं।

तीनों तरफ एयरकंडीशनरों और 'रूफ गार्डनों' से लदी-फँदी बिल्डिंगें और चौथी तरफ अँगूठी के नगीने सा स्वीमिंग पूल। इस सबके बीचोबीच ठंडी बयारों लॉन स्प्रिंक्लर की फुहारों के मजे लेता खूब नरम गुँथमुँथी घासोंवाला स्वस्थ, गदबदा, नहाया-धोया मस्त पड़ा रहता हूँ।

न जी, कोई डिस्टरबेंस नहीं। बच्चे मुझपर कभी उछल-कूद नहीं मचाते, (आया, गवर्नेसों के पूर्ण सुरक्षित दायरे में।) प्रेमी युगल भी हाथों में हाथ दिए असमंजस और आशंका के बीच मेरी नरम दूब की फुनगियाँ नहीं कुटका करते। (दूर-दूर तक यहाँ कोई प्रेमी नहीं, सब डेटिंग, डिस्को, फास्ट फूडवाले। उन्हें कोई असमंजस आशंका व्यापती ही नहीं।) कोई बूढ़ा-बूढ़ी भी दोपहर को बेंच पर धूप सेंकने या डूबते सूरज को यूँ ही बुझी आँखों देखते चले जाने की नीयत से मेरे गिर्द नहीं बैठा करते। (एकाध बूढ़े किसी इमारत में हुए भी तो वे बोनसाइ और कैक्टसों से भरी बालकनियों में ईजी चेयर पर बैठे रहते हैं। सूरज भी वहाँ ऊपरी मंजिलों से पास पड़ता है।)

कुल मिलाकर मैं बूढ़े-ठेलों, आशंका, असमंजसों, डूबते सूरज, धुँधली नजरों आदि के लिए स्ट्रिक्टली प्रोहीबिटेड एरिया हूँ।

यहाँ सब कुछ मेरी तरह चिरंतन तरुणाई से भरा-पूरा, सच-सच कहूँ तो

सुख-सुविधाओं की ओवर लोडिंग से पस्त खुद मैं कब पैदा हुआ, मुझे ध्यान नहीं। जब से अपने आपको ऐसा ही देख रहा हूँ, एकदम जैसे रातोरात गूँथगाँथ, सींच-साँच जवान कर दिया गया। बचपन रहा ही नहीं कभी और बूढ़ा होऊँगा कभी, ऐसा नहीं लगता।

कोई दुःख मेरे आस-पास नहीं फटक सकता। न अभाव, न असुविधा। ऐशोआराम से ऐसा ठसाठस कि कोई स्पंदन मेरे समूचे आकार को रोमांचित करता ही नहीं। कोई उदासी मेरे आस-पास फटकनी चाहिए ही नहीं। नहीं न!

फिर भी कुछ है जो मैं पड़े-पड़े तलाशता रहता हूँ अपने चारों ओर, जैसे जब भी कभी शाम को घंटे-आधे घंटे के लिए देशी-विदेशी साहबों की आया अपने-अपने गोलमटोल बाबाओं, बेबियों को हवाखोरी के लिए लेकर आती हैं, मैं एक अनाम सुख से भर उठता हूँ। मेरा मन करता है, मैं बच्चों से कहूँ—आओ! मेरे पेट पर खूब उछलो-कूदो, कलामंडियाँ खाओ। गुत्थमगुत्थी, कुश्तमकुश्ती हो···आओ! चटखारेदार खबरें सुनाओ, अपने साहबों और मैडमो की, लेकिन इस कॉम्प्लेक्स की आया और बच्चे, सब आम बच्चों, आम आयाओं से पूरी तरह अलग हैं।

बच्चे चलने के नाम पर बमुश्किल थोड़ा बहुत लुढ़क-पड़क लेते हैं बस। आवाज उनकी बहुत धीमी गुनगुनाती सी, एकदम बैटरी खत्म हो गए म्यूजिकल खिलौनों जैसी, हँसते भी हैं तो बस जैसे होंठ थोड़े से खिसककर वापस अपनी जगह।

मुझे विस्मय होता है, ये बच्चे बच्चों की तरह आखिर हँस क्यों नहीं पाते!

एक दूधिया मुक्त हँसी, एक चहकती किलकारी सुनने का मेरी शिराओं में भरता रोमांच अचानक फुस्स हो जाता है।

वो देखिए, आज भी एक-एक आया, एक-एक बच्चे की उँगली थामे बड़े अभिजात अंदाज में अपनी-अपनी बिल्डिंगों के छोरों से चली आ रही हैं। थोड़ी हिंदी, थोड़ी ज्यादा अंग्रेजी में बेहद सलीके से बच्चे को साधतीं।

बार्डर के साथ सीधी खींचकर कंधे तक पिन लगाकर पहनी हुई साड़ी। बालों का जरा खम देकर करीने से बनाया जूड़ा और दोनों कंधों को ढकता साड़ी का पल्लू। आगे-पीछे से कोई भी शर्त हार जाए कि आया हैं या किसी सुधारवादी संगठन की संयोजिकाएँ, पर जब कभी दाहिने कंधे का पल्लू सरकता

है तो लाल प्रिंट की साड़ी पर थोड़ा भदरंग मरून ब्लाउज खटं से असलियत खोल देता है।

कम उम्र की आया (यानी आया का काम करनेवाली लड़कियों) ने सलवार-कुरते, स्कर्ट-ब्लाउज या मैक्सी पहन रखी हैं। बाल इन आया लड़कियों ने भी कटाए हैं और उनपर एकदम अपनी मैडमों की बेबियों की तरह हेयर बैंड या 'बो' लगा रखी है। सिर्फ पैरों में पड़ी इकलरी पायल और घिसी हुई चप्पलें या सैंडलें उन्हें आया करार देती हैं।

सबसे अच्छी बात यह कि दो-तीन आया अपने बच्चे को भी साथ लिये हुए हैं। उनकी उदार मैडमों ने उन्हें परमीशन दे दी है। परमीशन के साथ-साथ उसी उम्र के बाबाओं के उतरे हुए रंग-बिरंगे शॉर्ट्स, निकर, जूते और जुराबें भी। इसलिए आयाओं के बच्चे भी रंग-बिरंगी पोशाकों, थोड़े उधड़े जूते-जुराबों में बने-ठने या कहिए ठटे-बटे से लगते हैं। तौर-तरीके भी आयाओं ने अपने बच्चों को इतने अच्छे सिखाए हैं कि जरा किसी साहब या मैडम को देखते ही वे झट से 'गुडमार्निंग मैडम' या 'गुडमार्निंग साहब' कह देते हैं और साहब या मैडम के मुसकराकर जवाब देते ही एकदम लजा से जाते हैं।

मुझे हैरत इस बात की होती है कि पूरा-पूरा साम्य होते हुए भी आयाओं के बच्चे दूर से ही आया के बच्चे क्यों समझ में आ जाते हैं! बिना उनकी बोली सुने, बिना उनके चेहरे देखे हुए भी।

ऐसा भी नहीं कि साहबों के सब बच्चे खूब गोलमटोल, गोरे-चिट्टे हों और आयाओं के दुबले, काले। रंगनाथन साहब का 'बाबा' तो मजे का आबनूसी और मीनू आया का सोनू एकदम चिट्ठा। ऊपर से मीनू उसे खूब साफ-सुथरे बढ़िया-से-बढ़िया निकर टी-शर्ट में सजाए रखती है। उसके बालों में तेल भी नहीं डालती। चारों तरफ फरफराए रखती है तो भी सोनू मील भर दूर से ही मीनू आया का बच्चा नजर आता है।

जरा देखिए, कितना मजेदार सीन है! अलग-अलग बच्चा अलग-अलग अपनी आया के दायरे में सिमटा हुआ सा। ये बच्चे आपस में एक-दूसरे से नहीं खेलते; बल्कि अपनी-अपनी आया के इर्द-गिर्द ही मुनकते-ठुनकते या बहुत हुआ तो उछलने के नाम पर एकाध टाँग उठा देते हैं।

कम उम्र की आया लड़कियाँ बीच-बीच में अपने नन्हे बाबाओं को रंगीन

बॉल उछालकर खिलाती हैं। बच्चे सिर्फ थोड़ा उचक-पुचक लेते हैं। बाकी सारा समय ये छोटी आयाएँ ही दौड़ती, बॉल उछालती और बाबा के पास फेंकती हैं। बाबा खुश हुआ तो एकाध किक लगा देता है, जैसे आया पर अहसान कर रहा हो।

बड़ी उम्र की आयाएँ मेरे चारों तरफ बनी सीढ़ियों पर या क्यारियों के गिर्द बैठ जाती हैं। बाबा लोग अपनी-अपनी आयाओं की उँगली छोड़ इधर-उधर लुदकने-फुदकने लगते हैं। पर आया के अपने बच्चे बाबाओं के पास नहीं, अपनी माँओं के अगल-बगल चुपचाप कायदे से बैठे रहते हैं। जब नहीं रहा जाता और बैठे-बैठे उकता जाते हैं तो सीढ़ी पर ही थोड़े हाथ-पाँव भाँज लिये और अपनी माँओं को अपने पास देख जैसे चोरी-छुपे मुसकरा लिये! वे जानते हैं, यहाँ उनकी माँ माँ बहुत कम आया ज्यादा है। यहाँ उनकी माँ की उँगलियाँ मेम साहबों के बाबाओं के हाथ में होती हैं। वे तो पीछे-पीछे चलते हैं।

इनमें से किसी एक आया के बच्चे ने जाने कब बगल की क्यारी से एक फूल तोड़ लिया और लचलचाई, अनुनय भरी हँसी से माँ की ओर देखने लगा। आया चौंकी अपने बच्चे की इस करतूत पर, अपमानित-खिसियानी सी चोर निगाहों से चारों तरफ देखकर बच्चे को दुत्कार उठी। एक झल्लाहट भरी मौन दुत्कार—जिसका आशय था, पगलाया है क्या? दूँगी एक थप्पड़ खींचकर, दिमाग दुरुस्त हो जाएगा। लाने से पहले इतना समझाओ, पर भेजे में कुछ घुसता ही नहीं।

बच्चा खिसियानी हँसी के साथ वापस बैठ लिया। तभी आया का बाबा भी क्यारी के पास पहुँच गया। आया फौरन सतर्क मीठी-मीठी आवाज में समझाने लगी। बड़े प्यार, बड़ी मातबरी से, नो-बाबा, नो-नो, कमऑन, गुडब्वॉय और जी-जान से अगल-बगल कुछ और दिखाकर उसका ध्यान बँटाने लगी।

आया का बच्चा अपनी माँ की इस अधफूटी अंग्रेजी पर सगर्व एक दयनीय हँसी हँसता है।

खटखटाती मशीन से घास काटी जा रही है। दिन भर की कटी घास के चूरे एक तरफ इकट्ठा हैं। एकाध बच्चे ढेर के पास जाकर घास का चुटकी भर चूरा उठाने लगते हैं। सीढ़ियों पर बैठे आया के बच्चे यह देख मगन होकर हँस पड़ते हैं।

तभी एक रंगीन गेंद सीढ़ी की तरफ आई, गेंद के पीछे-पीछे एक छोटा बाबा भी आया। बाबा ने बॉल उठाई, उठाने के लिए दो पल खड़े रहकर सीढ़ियों का नजारा लिया, आयाएँ मुसकराईं। एकाध ने हौले से हलो बाबा कहा···बॉल चाहिए? साहबों के बच्चे जल्दी नहीं मुसकराते! बाबा बॉल हाथ में उठाए कौतुक से आयाओं, उनके बच्चों को देखता रहा; फिर हठात् धीमे से मुसकरा दिया। आया का बच्चा भी मुसकरा दिया, लेकिन उस तरह नहीं। इस तरह जैसे एक पूरी उम्र का बुजुर्ग एक नन्हे बच्चे का खेल देखकर मुसकराता है।

बाबा को मजा आया। वह अपने गदबदे गालों के बीच थोड़ा और मुसकराया, जैसे उसे सबकुछ पसंद आया। अच्छा लगा। मोगांबो खुश हुआ।

अचानक उसकी दृष्टि आया के बच्चे पर टिकी तो वह कौतुक से आगे बढ़ा। आया का बच्चा यह देख हँस दिया। लेकिन जब बाबा उसके ज्यादा करीब आने लगा तो आया का बच्चा सहमा, आया भी थोड़ी चौंकी पर बाबा था कि नन्हे सधे कदमों से आया के बच्चे की तरफ बढ़ता ही जा रहा था। करीब आकर बच्चे ने थोड़ी देर देखा, फिर बॉलवाला हाथ उठाकर आया के बच्चे को धमकाने की बंदरघुड़की सी दी। आया का बच्चा चिहुँककर पीछे हो लिया। 'बाबा' अब इस नए आपसे आप पैदा हो गए खेल का मजा ले रहा था और आया का बच्चा आधा सहमा, आधी खिसियानी हँसी हँसता पीछे हटता चला जा रहा था। अगल-बगल बैठी आयाएँ भी जैसे विचित्र कौतुक में फँसी सी देखे जा रही थीं।

आया का बच्चा निरंतर पीछे हटते हुए जैसे किसी उम्मीद में अपनी माँ, आया की तरफ आँखें उठाता; लेकिन वापस उसी खिसियानी हँसी से अपने बचाव में पीछे हटने लगता।

यह सब मुश्किल से आधे मिनट में हुआ।

बाबा अपने नन्हे पुष्ट हाथों में रंगीन बॉल थामे भरपूर धमकी की मुद्रा में उसे धकियाने को बढ़ा आ रहा था। अचानक पीछे हटता आया का बच्चा क्यारी की ईंट से ठोकर खाकर गिरा और चोट से कम, बॉल उठाए आगे बढ़ते बाबा को देख बिसूरकर रो पड़ा।

उस समूचे गुमसुमे माहौल में आया के बच्चे का रोना बड़ा अभद्र, अशोभनीय सा लगा। पलक झपकते आया उठी—उसने बाबा को करीनेदार प्यार

से समझाया, नो बाब! गुड ब्वॉय नो···और दाँत किचकिचाती अपने सहमे बच्चे की बाँह मुट्ठियों में भींचे भद्र शब्दों में धीमे से झल्लाकर बिफर उठी—चुप्प! एकदम चुप···चुप कर, पचास दफे कह दिया—यहाँ रोते नहीं, कौन सी गोली लग गई। अरे, तुझसे उतना छोटा है बाबा, देख तो और फिर खेलता ही तो है। और तत्क्षण बाबा की ओर मुड़कर अदब से बोली, नो बाबा? गुड ब्वॉय।

आया का दुबला सींकिया बच्चा क्यारी की मिट्टी झाड़कर वापस खिसियाकर हँसने लगा था। गालों पर ढुलकी आँसू की बूँदों से बेपरवाह।

□

सीखचों के आर-पार

टिफिन, बैग, छतरी से लदी-फदी वह खटाखट सीढ़ियाँ उतर रही थी कि ग्राउंड फ्लोर की खिड़की पर लगा नया चुन्नटदार परदा हलके से सरसराया।

लगा, चुन्नटों के बीच दूरबीन सी फिट दो संकोची आँखें बड़े यत्न से अपने को छुपा, उसे निहारे जा रही हैं। दृष्टि में कौतुक, प्रशंसा और रश्क। सुख भी कभी-कभी कैसे खिड़की, रोशनदानों से छनकर आता है!

वह गुरूर से मुसकरा ली। खुद को सलीके से देखा जाना किसे बुरा लगता है! खासकर अगर सीखचों के अंदरवाली सीखचों के बाहरवाली को देखे। नए आए लगते हैं।

पर दिख तो अंदरवाली भी गई। झलक या भनक ही सही, परंतु बेचारे गुरूर ने वापस झटका दिया। वही तरतीबवार बालों के बीचोबीच सिंदूरी हाट लाइन और लहरियादार पल्लूवाली, जगमगाती बिंदी तथा खनखनाती कलाइयोंवाली। कुल मिलाकर एक पूरी बेशकीमती जिंदगी जैम-जेली और अचार-चटनी के मर्तबानों में सील कर देनेवाली ब्रैंड दुनिया-जहान की तमाम हैरतअंगेज, सनसनीखेज वारदातों से अनजान और सोचती हूँ, वह बड़ी खुशगवार जिंदगी जिए जा रही है।

चच्च-चच्च—बेचारियाँ!

सुबह की खबरों के समय बंटू या बल्लू का मुँह धुलाकर दूध का गिलास पकड़ा रही होती है और रात के समाचारों के समय कोफ्तों पर शोरबा डालकर

हरा धनिया छिड़क रही होती है। उन्हें यह भी नहीं मालूम कि आज अपने देश के तेरह शहरों में कर्फ्यू, पाँच में बंद और नौ में हड़तालें हुईं। उन्हें नहीं मालूम कहाँ बम फटे, कहाँ ज्वालामुखी धधके और कहाँ पटरियाँ उखड़ीं।

उनकी नजर बस कोफ्ते के शोरबे पर रोटियों का निवाला रखते पति परमेश्वर है।

उसी चेहरे से दिन की शुरुआत, उसी से समापन!

अचानक बस के इंतजार में खड़े बेसब्र लोग हड़बड़ाकर आगे दौड़े। सारे-के-सारे बगैर कोई चांस लिये एकबारगी बस में ठूँसे जाने लगे। बड़े-छोटे, औरत-मर्द का जरा सा भी लिहाज किए बगैर।

वह शुरू-शुरू में लिहाज किया करती थी। शिष्टतावश, जाने-अनजाने, अगल-बगल में एक-दो धकियाते लोगों को बड़ी शालीनता से मुसकराकर अपने से पहले चढ़ जाने का मौका दे दिया करती थी; बूढ़े, अधेड़, पुरुष, महिलाओं को तो खासकर। क्यों? छोटे स्कूली लड़के-लड़कियों को भी तो? अनजाने मन में कहीं यह कि इस तरह ये लोग भी अपने आप में थोड़े शर्मिंदा से अनुभव करेंगे और बाद में खुद भी पहले दूसरों को रास्ता देने की पहल करेंगे।

लेकिन इसका उलटा होता। खचबचाकर बस चल देती। वह छतरी, टिफिन लिये हकबकाई खड़ी रह जाती।

आगे, आगे, और आगे खिसकते जाओ, भीड़ के रेले के बीचोबीच से कंडक्टर पूरे उद्दंड लहजे में फौजी कमांड देता जा रहा था। भीड़ दम-पर-दम उसके इशारे पर पूरे अनुशासन से आगे खिसकती जा रही थी। फिर भी वह लगातार आगे और आगे कम जगह लेने, छुट्टे पैसे हाथ में तैयार रखने और पहले से गंतव्य का नाम बताने की हजार हिदायतें देता जा रहा था। किसी के जरा कुछ पूछने पर वह पूरी मुँहफटी से दो-टूक जवाब ठोंक देता। पूछनेवाला खिसियानी सी हँसी हँसकर रह जाता है। अगल-बगल के कुछ बेशऊर लड़के कुछ-न-सुन पाने का अभिनय करते, खिड़की के बाहर देखने लगते।

बगल की सीटवाली महिला ने पास खड़ी तीन-तीन लदी-फदी हिचकोले खाती एक छोटी लड़की को किसी तरह थोड़ी सी जगह बनाकर बैठने की

सहूलियत दी ही थी कि कंडक्टर तेजी से फटकारता आगे बढ़ गया—'ये क्या, दो की सीट पर तीन को बिठाकर रास्ता जाम कर दिया है?'

हचाक्! सिगनल पर बस रुकी और सामने की सीटवाला आदमी तेजी से उचककर गेट की तरफ बढ़ गया। लेकिन इसके पहले कि वह खाली हुई सीट पर बैठने का उपक्रम करती, ठीक उसकी बगल में खड़ा आदमी लपककर उस सीट पर जा बैठा, बगैर एक औरत को बैठने का मौका देने की जरा भी शिष्टता या संकोच बरते। उलटे बैठने के बाद वह विजयी-संतुष्ट भाव और फूहड़ हँसी के साथ उसे देखे जा रहा था।

यह फूहड़ काँइयाँ हँसी उसकी बहुत पहचानी हुई है। फैक्टरी फ्लोर से लेकर पब्लिक रिलेशन के खटखटाते टाइपराइटरों तक उजड्ड, बचकाने, फूहड़पने के साथ बराबर उसके पूरे वजूद से उलझती-पलझती रहती है। जैसे गली-सड़क के उजड्ड बच्चे किसी संभ्रांत राह चलते के पीछे लग जाएँ और उसके पलटकर देखते ही खिखियाते हुए भाग खड़े हों। न आप पलटकर देख सकते हैं, न झिड़क सकते हैं। दोनों ही स्थितियों में वे बिराते हुए भागेंगे।

इससे भी ज्यादा कानों को गरम कर देनेवाली तिलमिलाहट तब होती है जब वेलफेयर प्रोग्रामों के सिलसिले में वह फैक्टरी के वर्करों से लेकर मैनेजमेंट स्टाफ तक लोगों के बीच उनकी पारिवारिक समस्याओं को समझने, पता करने तथा सलाह-मशविरा देने के लिए पहुँचती है। अकसर उससे महसूस किया है कि जान-बूझकर औरत को एंबैरेस करने के मकसद से ही अटपटे, ऊल-जलूल सवाल किए जाएँगे। परिवार नियोजनी समस्याओं की अटपटी जानकारियाँ माँगी जाएँगी और जब वह अंदर की असहजता छुपाती प्रकृतिस्थ भाव और सलीके से समझाने की कोशिश करती हैं तो अधिकांश श्रोता ओठों के कोनों में सस्ती हँसी दबाए सुनने का नाटक करते हुए एक-दूसरे को कनखी मारकर मुसकराते रहते हैं।

कुछ नहीं, कुछ नहीं—उसने जैसे अपने आपको झिंझोड़कर समझाया। वह सब अंदरूनी जलन, कुढ़न और ईर्ष्या के बाहरी रैपर हैं कि अब ये औरतें अपनी पढ़ाई-लिखाई के गुमान में हम पुरुषों की व्यक्तिगत समस्याओं का समाधान करने, हमें सलीका सिखाने चली हैं।

अब चूँकि औरत अपनी योग्यता और दमखम के बूते इस ओहदे तक

पहुँची है और ये लाख चाहें, निकाल बाहर तो कर नहीं सकते, लेकिन ये दबी-ढकी फूहड़ हरकतें तो कर ही सकते हैं। रिपोर्ट किसके खिलाफ और क्या करेगी बेचारी?

बेचारी! हुँफ्—बेचारे हों उसके दुश्मन! बेचारियाँ तो वे हैं जो बैग, छतरी से लदी-फदी उसे खटाखट सीढ़ियाँ उतरते देख झट चुन्नटदार परदे खिसका उसे छिपकर देखने लगती हैं। उन आँखों में कितना रश्क और कितना कौतूहल होता है! 'आप सीधी तरह खड़े रहते हैं या नहीं?'

अचानक सारे यात्रियों की नजर उस तीखी आवाज की ओर मुड़ गई थी, जो बस की तेज धचके खाती चाल का फायदा उठाकर बार-बार अपने ऊपर गिरते चले आ रहे आदमी पर झल्लाकर बिफरी थी।

'सॉऽऽरी'—उस आदमी ने जिस दबी लिजलिजी मुसकान के साथ कहा था, बस में दो-तिहाई यात्रियों ने तो इस वाकये का बेटिकट मजा ले ही लिया था।

अगले स्टॉप पर उठते हुए एक संभ्रांत व्यक्ति ने उसे अपनी सीट पर बैठ जाने का संकेत किया। एक कृतज्ञ थैंक्स के साथ वह बैठ गई।

इस कृतज्ञ शिष्ट थैंक्स के साथ उसे चेयरमैन मलहोत्रा याद आए। हॉल से गुजरते हुए वे जब भी कॉन्फ्रेंस रूम की तरफ जाते हैं, प्रायः सभी टेबलों की 'मार्निंग सर' का बड़ी जिंदादिली से जवाब देते हुए, उसकी टेबल पर नजर पड़ते ही उसके महिला होने के नाते खुद आगे तक बढ़ आते हैं और 'सो हाउ आर यू' की शिष्टता मात्र बटोरते हुए आगे बढ़ जाते हैं।

लेकिन उनके गुजरने के बाद वह जिस-जिसकी तरफ भी चेहरा घुमाती है, उसे टोहती मुसकराहटों की एक कतार नजर आती है। कभी-कभी यह सब इतना तनावपूर्ण होता है कि वह चाहती है कि मलहोत्रा कभी हॉल से गुजरे ही नहीं।

लेकिन सौतेले, विद्वेष भरे फिकरे मलहोत्रा के मुँहताज थोड़ी हैं, मैंने कहा, 'मिसेज शर्मा! बड़े साब ने आपके लिए फाइलों का ताजा स्टॉक भिजवाया है, आकर ले जाइए…'

'आकर ले जाइए', जबकि अभी थोड़ी देर पहले पान चबाता इधर से ही गुजरा है।

सँभालते-सँभालते भी मुँह से निकल गया, 'अरे, अभी आप इधर से ही तो कैंटीन गए थे।'

'हाँ-हाँ, लेकिन अब हर वक्त याद थोड़े ही रहता है और वैसे भी थोड़ी दौड़-भाग करते रहने से आप लोगों का फिगर मैंटेन रहता है।'

चटाक्—चाँटा नहीं जड़ सकती थी। ये आए दिन की छोटी-छोटी बातें किस तरह महीन सुइयों से शरीर और मन को छेदती रहती हैं।

'मिसेज जलोटा! क्या करेंगी इतना पैसा बटोरकर? अब तो स्विस बैंक खाते भी दनादन एक्सपोज हो रहे हैं। अरे, आराम से बिदाउट पे छुट्टी लेकर घर बैठिए। चार दिन से फीवरिश-फीवरिश कह के कराहे जा रही हैं।'

'मिस प्रभु! हमारी मानिए तो यह विमेन लिव का खुरदुरा झंडा जरा झुकाइए और आराम से शादी करके घर बसाइए।'

'घर की जिम्मेदारियों का इतना ही खयाल है आप लोगों को तो नौकरी की ओखली में सिर देती ही क्यों हैं आखिर! आराम से घर बैठिए, जु है क्या…'

'क्या? मलहोत्रा साहब के ऑफिस में? अरे जाइए, जाइए न बेधड़क, आप लोगों को तो खुली छूट है हाई कमान के कैबिन में घुसने की, चाहे जितनी देर तक बैठने की।'

चिटकता है अंदर से बाहर तक सब कुछ तड़ाक्-तड़ाक्। जवाब सूझते हैं; पर नहीं, जवाब देना कपास को माचिस दिखाना है। देती है न मारग्रेट दम-के-दम, एकदम पलटकर, डपटकर, बल्कि चित कर, जमीन सुँघाकर, एक के दस।

लेकिन फायदा? मुँह पर तो सँभलकर या कतराकर ही सही, कायदे से पेश आना, लेकिन जरा ओट होते ही एक से एक फूहड़ रिमार्क। पुरुष तो पुरुष, महिलाएँ भी मारग्रेट को 'चीपो', 'चीपर केट' कहने से भी बाज नहीं आतीं।

यानी इज्जत और मर्यादा सबकुछ सह जाने में ही है? घर हो या बाहर, यानी चैन और सुकून का रास्ता ऊपरवाले फ्लैट से सैंडलें खटखटाता छतरी, बैग सँभाले बस स्टॉप की तरफ नहीं भागता? बल्कि ग्राउंड फ्लोर की परदे लगी खिड़कियों के अंदर ही जाकर खत्म होता है? क्यों? हाँ-हाँ, कुछ नहीं रखा इस डाँव-डाँव डोलने में, तब क्यों न आराम से, धूल-धक्कड़, भीड़-भड़क्के छिलते कंधे ओर बर्छीले रिमार्कों से दूर, इसी झालर लगे रंगीन परदे की दुनिया में अपने आपको समेट लिया जाए? सिर्फ़ कुछ अदद सीले मसालों और अचार की बतनियों को धूप दिखाते रहने का काम? खास नहीं, सारे दिन

की बदहवास भाग-दौड़ के बदले सिर्फ एक अदद पुरुष को सामने रखना, सो काजल की आड़ी-तिरछी लाइन और चटक बिंदी की चकाचौंध से हो जाएगा पुरुष पर शासन? कभी किसी ने कहा था चुटकी बजाने की चीज। बस, हिम्मत चाहिए। तो? लौटते हुए वह अनायास उस खिड़की के सामने ठिठक ही गई। बस जैसे हुलसकर दरवाजा खुल गया।

आइए, आइए न! वह नई जगह की अजनबीयत मिटाने को आतुर थी—'आप रोज-रोज सीढ़ियों से गुजरती हैं तो कितना बुलाना चाहती हूँ, पर आप तो हमेशा जल्दी में रहती हैं न! हिम्मत ही नहीं पड़ी।'

'चाय बनाऊँ क्या? थकी होंगी न! पर मजा भी खूब आता होगा! अच्छा सुनिए, चार-छह मर्द जरूर आपके अंडर में काम करते होंगे!'

'आपको कैसे मालूम?' एकदम बचपने की सी बात पर वह मुसकराई।

'ये ही बताते थे।' वह सलज्ज हँसी! उन्हें कैसे मालूम, पूछने का मन किया; पर रुक गई।

'चीनी इकट्ठी डाल दी है, पी लीजिए न! अचार लाऊँ मठरियों के साथ? मेरा भी मन करता है, रोज आप जैसी औरतों को आते-जाते देख, पर ये कहते हैं, ये सब तुम्हारे जैसी के बस का नहीं! आप बताइए, आप क्या सोचती हैं, क्या सचमुच'

'अरे ऐसा कुछ नहीं!' वह मीठे से हँसी।

'यह भी लगता है कि इन्हें घर आते ही गरम चाय-नाश्ता चाहिए। खाने के बेहद शौकीन हैं, मैं अगर नौकरी करूँगी तो इन्हें दिन भर थककर आने के बाद…'

'कितने बजे तक आते हैं?'

आवाज में गहरी संजीदगी—'वही तो ठीक-ठीक नहीं रहता न, कभी छह, कभी सात, कभी साढ़े आठ।'

'शायद ऑफिस ज्यादा दूर है?'

'नहीं, ऑफिस तो उतना कुछ दूर नहीं, पर काम शायद ज्यादा ही माथापच्ची का है। कहते हैं, तुम नहीं समझोगी यह सब, फिर ऑफिसवालों के साथ चाय-पार्टी, ताश, पिकनिक…कहते हैं, इस सबमें भी साथ देना जरूरी होता है। इनके बिना बैठक जमती नहीं, और एक उसाँस—'सच पूछिए तो खोद-

खोदकर पूछना भी तो ठीक नहीं लगता है न!'

'फिर भी?'

'कहते हैं, तुम्हें क्या परेशानी! घर में रानी बनी बैठी रहती हो, सारे दिन खटने-कमाने की किल्लत से छुट्टी।'

यह सम्मान है या अहसान, शायद वे दोनों अपने से अनजान अलग-अलग सोचती हैं, बोलतीं कुछ नहीं। और 'उसका' पति कहता है—शुक्र करो, तुम्हें मेरे जैसा उदार विचारोंवाला पति मिला है। कोई रोक-टोक नहीं, दिन भर स्वच्छंद, स्वतंत्र···।

यानी दोनों ही स्थितियों में उनके अहसानों का बोझ और औदार्य की छत्रच्छाया। बाहर है तो उनकी उदारता और अंदर है तो उनकी मंशा। महानता का समूचा गोबरधन उनकी उँगलियों पर ही थमा है।

'तो ठीक तो कहते हैं, खुशनसीब हैं आप।' इतनी देर में शायद पहली बार हँसी में विद्रूप घुला।

पर वह अपनी उलझन में अनमनी थी, जल्दी-से-जल्दी सारी उलझी-पलझी डोरों से एक छोर खींच पाने के लिए, 'उसकी मदद से'—

'पर कभी-कभी बड़ी घुटन सी होती है, नहीं जानती क्यों? बस, खिड़कियों की सलाखों से बाहर देखते-देखते ऐसा लगता है जैसे खिड़की के बंद शीशों के पीछे से पेड़-पौधों को हलकोरती हवा के झोंकों को मैं सिर्फ देख पा रही हूँ, उनमें साँस नहीं ले पा रही।' यानी वह बाहर की खुली ताजा हवा में साँस लेना चाहती है, जैसे 'वह' हर रोज लेती है।

इस हवा की गर्द-गुबार, धुआँ, कालिख फेफड़ों में भरते हुए पति से पहले-पहले घर पहुँचने की उतावली में हाँफते हुए घर पहुँचती है। कभी पति पहले पहुँच चुका होता है और बेचैनी से अखबार पलटते हुए उसके आने के बाद मिलनेवाली चाय का इंतजार कर रहा होता है।

वह फौरन गैस पर पानी चढ़ा देती है। ट्रे में चाय नाश्ते की प्लेटें लगाते हुए छिटपुट संवादों की अदायगी—

जैसे—'रस्तोगी कह रहा था कि आज तुम्हें वीनस के पास से गुजरते देखा, वह तो शर्त लगाने को तैयार था; पर मैंने साफ-साफ मना कर दिया कि ऐसा कुछ होता तो तुमने मुझसे सुबह ही कहा होता।'

आँखों में देखा! मैं कितना उदार और महान् हूँ, साथ-ही-साथ जैसे वर्तमान और भविष्य के लिए एक चेतावनी भी—।

दम घुटता है, शब्दों, संवादों की ऐसी अदृश्य गुफा में भी और दूसरी तरफ वह खुली, ताजा हवा में साँस लेना चाहती है।

'अरे, आपने फूल बहुत सुंदर सजाए हैं। सचमुच विश्वास न करने लायक।'

'अरे, सजाना क्या,' वह ससंकोच बोली, 'दरवाजे पर ही बेचने आया था, मैंने लपककर ले लिये और वैसे-के-वैसे ही इस गुलदान में रख लिये। ये फूल ही इतने खूबसूरती पर थे तो भी गुस्सा हो रहे थे। कहते थे, बिना मतलब फूलों में पैसे उड़ाने का फायदा? एक दिन में मुरझा जाएँगे, तुम क्या जानो कितनी मशक्कत से कमाए जाते हैं, हाथ में आए और उड़ा दिए, कौन सा कोई मेहमान आनेवाला है।'

'और देखिए मैं आ गई, लेकिन चलूँ, अब।' हँसती हुई वह उठ खड़ी होती है।

'एक-एक प्याला चाय और बना दूँ।'

'नहीं, एक कप ऊपर जाकर भी तो पीनी है। यानी बनानी है और मेरे 'ये' भी आ गए होंगे।' 'ये' पर वह हँस दी।

'आप कितनी लकी हैं, दोनों लोग एक ही ऑफिस से अपने-अपने टाइम पर लौट आते हैं।'

'हाँ, और क्या?' वह दुबारा हँसती है बगैर उसे बताए कि हाँ, उसका पति ऑफिस से सीधे घर यह देखने के लिए आता है कि अपनी छुट्टी के कितनी देर बाद तक वह सीधी घर पहुँच जाती है।

आज तक यह किसी ने कहा नहीं, सिर्फ एक आभास-मात्र या अहसास। और ऐसे तमाम अहसासों से जिंदगी बिंधी पड़ी है।

उसके 'वे' सोचते हैं, औरत को घर में ही रखे रहना ठीक है और 'उसका' पति इससे एक कदम आगे सोचता है, घर से बाहर तो निकलने दो, पर निगाह हमेशा चौकस रखो।

अहसानों के चँदोवे और उदारता की छत्रच्छाया, घुटते रहा जाए इनकी जकड़ में?

न…नहीं…

'तो मुक्त हो जाया जाए?'

'हुआ जा सकता है क्या? नहीं, नामुमकिन, क्योंकि मुक्त भला कौन है? शायद कोई नहीं। न पुरुष, न नारी। पूर्ण मुक्ति एक सपना है और जिया यथार्थ में जाता है, यथार्थ यानी मुक्त हो पाने का एक रंगीन सपना। जिंदगी की आधी से ज्यादा खुशियाँ यह सपना ही तो सौंपता है।'

कहना चाहती हूँ कि आप बाहर आना चाहती हैं और मैं अंदर। जिंदगी इसी कशमकश के मनकों की माला है या फिर रस्साकशी कह लीजिए और जी-जान से हँसी-खुशी अपने पाले में जितना खींच सकती हैं, खींच ले जाइए।

चलूँ फिर? कहना चाहती हूँ, अपने पाले में!

□

उत्सव

पर्व-वेला पर रोशनी की कतारें अभी उतरी नहीं हैं। जब उतरेंगी तो सागर तट की पंद्रहवीं मंजिल पर मेरा फ्लैट कंदील सा झिलमिला उठेगा।

रंग-रोगन, झाड़-पोंछ, सिल्वो, ब्रासो से चमचमाती पीतल, चाँदी और काँसे की नायाब नक्काशियाँ। धूप-दीप, नैवेद्य और फूल, गजरे। दीपपर्व पर लक्ष्मी की पूजा का विशेष विधि-विधान।

इसीलिए शाम को फिर से नहाई और बाथरूम से निकल कालोन, लेवेंडर छिड़के लहराते गीले बालों के लच्छे झटक दिए हैं। कमरे में खुशबू का सोता सा फूट पड़ा है। तब बालों को बड़े प्यार से समेट, धुले कुरकुरे तौलिए से सहला-सहलाकर पोंछती हुई मैं उसकी ओर पलटती हूँ। वह उसी तरह समूचे माहौल की मोहकता में सराबोर हकबकी सी खड़ी है। चारों ओर बिखरी हुई रोशनी और चकाचौंध में चौंधियाई सी, जैसे इस लोक में नहीं किसी अपार कौतुक भरे, अतींद्रिय लोक में खड़ी हो।

मैंने स्वर्ण पंखी साड़ी का पल्लू सँवार कलाइयों के कंकण पीछे किए और उस बौड़म सी खड़ी हुई को टहोका दिया कि ऐसी खड़ी-खड़ी वह कैसे काम निपटाएगी? ऐं! इधर पूजा की चौकी के पास पोंछा लगा।

वह चौंककर झटपट काम में जुट गई और पूजावाला सुवासित कोना बड़े यत्न से रगड़-रगड़कर पोंछने लगती है। कभी मुझे, कभी मेरे पूजा-स्थल को देखती हुई उसकी आँखों में अपार श्रद्धाभाव है—मेरे ईश्वर के प्रति नहीं, मेरे प्रति और मेरे पूजा-स्थल के प्रति।

ठीक उसी समय मैं भी मन-ही-मन पूजा की चौकी की ओर देखकर देवी लक्ष्मी का आभार प्रकट करती हूँ, जो ऐन दीपावली के दो दिन पहले नई-नई पास के गाँव से कमाने-खाने आई यह औरत मेरे सुपुर्द कर दी; नहीं तो रंग-रँगोली मंडित पूरा त्योहार अक्षत, कुमकुम और झाड़-पोंछ के बीच संतुलन बिठाने में ही बीत जाता। न काजू कतली और मलाई-पाक बन पाता, न चूड़ी-कंकण और स्वर्ण पंखी साड़ी से लैस यह पूजा हो पाती। अब सुंगधाबाई मिल गई है न तो जरा चैन से अर्चन-अभिनंदन हो पाएगा, सुख-सौभाग्य श्री की देवी लक्ष्मी का, आओ देवि! पाँव धरो, इस स्वर्ण पंखी साड़ी के जरी-जटित पल्लू पर सुख-सुविधा उपादानों के वृक्षारोपण करो इस कुमकुम, अक्षत, फूल, धूप, दीप-नैवेद्य की क्यारी में!

दरवाजे की बेल बजी है। वह झटपट मुस्तैदी से दौड़ी है। उसे यह काम बड़ा मनभाया है। हर थोड़ी देर पर दरवाजे की घंटी बजती है। कोई आदमी एक बड़ा सा रंगीन पैकेट लिये खड़ा होता है। संकेत पाते ही मैं दरवाजे तक आती हूँ।

कौन? तनेजा साहब? दीपावली मुबारक आपको भी। अरे, इसकी क्या जरूरत थी? पर वाकई है बेहद खूबसूरत! कहाँ से मँगवाया? कटक से? हाँ, चाँदी की नक्काशी तो वहीं की लगती है···अच्छा थैंक्स!

अरे खुल्लर भाई यूँ बाहर खड़े दीपावली की मुबारक कैसी? दो मिनट बैठिए तो देखिए। इस फॉरमैलिटी की क्या जरूरत थी; मिठाइयाँ तो काफी थीं—रिंग, विंग नहीं चलेगी—आप तो जिद करते हैं। अच्छा जी, थैंक्यू बैरी मच।

येस? कहाँ से आए हैं? ए.के. इंटरप्राइजेज से? ओ.के. थैंक्यू। हैप्पी दीपावली टु यू आलसो!

जी? साहब? साहब नहीं हैं, दीपावली का गिफ्ट? थैंक्यू, नमस्ते।

मगन भाई, आप हैं? तो अंदर तो आइए, मैंने समझा कोई और है। ये बाई नई है न! इसे क्या मालूम, किसे अंदर आने देना है, किसे बाहर से टरकाना है। अरे नहीं जी, कृपा कैसी? आप लोग तो इतने पुराने 'वेल-विशर' ठहरे, अब बताइए, इतनी बड़ी सी कीमती चीज आप उठा लाए और नहीं कहूँ तो जानती हूँ आपको, तहेदिल से दुःख होगा, ऊपर से आप कहते हैं, भाभीजी ने

अपने पैसे से खरीदी मेरे लिए, थैंक्यू, थैंक्यू अ लाट।

हाऽऽय मिस्टर तन्खावाला!

थैंक्यू चड्ढा साहब! हैप्पी दीपावली आपको भी। नमस्ते जी।

मैं सुबह से एक पाँव से दौड़ रही हूँ; पर थकान का नामोनिशान नहीं। मेरे लिए उसकी आँखों में अपार प्रशंसाभाव है। मैं कितना अच्छा बोलती हूँ, कितनी बार अंदर से दरवाजे तक आती हूँ और रंगीन चमचमाते पैकेट लेकर अंदर जाती हूँ। वह झाड़-पोंछ करते-करते ही बीच में जब मौका मिलता है, उन रंगीन पैकेटों पर हाथ फेरकर अपार आनंद का अनुभव कर लेती है और वापस अक्षत, कुमकुम के थाल सजाने लगती है। उसका उत्साह देखकर दया आ गई। सो चार-पाँच बार मैंने उसे ही 'पैकेट्स' अलमारी में रखने के लिए कह दिया। बस वह निहाल हो गई। पैकेट्स खूब सहेजकर रखती-रखती मुझसे बड़े गद्गद भाव से पूछ बैठी—

'ये लोग पूजा का सामान लाता न?'

गूढ़ रहस्य में भरकर मैं शरारत से मुसकरा पड़ी हूँ। लेकिन तभी मैं जैसे अपनी ही मुसकराहट से भयभीत हो उठी हूँ। मुझमें एक अनजाना सा भय समा जाता है। मैं बार-बार इस भय से आतंकित, ईश्वर से मन-ही-मन प्रार्थना करने लगी हूँ कि मुझे किसी भी तरह के दुर्भाग्य से बचाना, सबकुछ हमेशा ऐसा ही भरा-पूरा रखना। इस सरकारी नौकरी को कभी आँच न आए, जिसकी बदौलत दीपावली के दिन एक पूरा बड़ा लॉफ्ट और एक अलमारी खाली करनी पड़ती है, उपहारों के पैकेट्स ठूँस-ठूँसकर भरने के लिए···आह देवी···सुख, सौभाग्य, ऐश्वर्य और समृद्धि की देवी! हम पर सदैव ऐसी ही कृपादृष्टि करना।

रोम-रोम भक्तिभाव से पूर जाता है। तब भी संतोष नहीं होता तो अचानक ही कह पड़ती हूँ—

'सुगंधा! यह तेल नहीं, जाकर देशी घी लाकर डाल दीयों में।' और बड़ी एकाग्रता से सुगंधा से रुई लेकर एक-दो बत्तियाँ खुद पूरने लगती हूँ। देशी घी से लबालब दीये और भक्तिभाव से भर देते हैं। आह! ये सब कितने दुखी-दरिद्र हैं। क्यों न ज्ञानामृत की दो-चार घूँटें इस नादान, अकिंचन सुगंधा के हलक में भी उतारने की चेष्टा करूँ? इस गरीब का भला होगा। काम करते जाने की बोरियत भी दूर होगी। कुछ विनोद, मन बदलाव भी!

सो अतिरिक्त कृपा भाव से पूछा—

'तू पूजा करती है दीपावली पर?'

'न!'

'अरे, फिर क्या करती है?'

'मैं?' उसने एक क्षण अचकचाकर सोचा, जैसे अपनी दिनचर्या का कैसेट रिवाइंड किया हो और कहा—

'मैं सब बाई लोगों का झाड़ू-लादी करती…'

अजीब ऊटपटाँग सा उत्तर था। प्रश्न से कोई तालमेल ही नहीं। मैं अंदर तक चिड़चिड़ा सी उठी। भक्ति-दर्शन पर बात करने का सारा मजा ही बदमजा हो गया, लेकिन तभी ध्यान आया—न, मेरा इस तरह सोचना अनुचित है। इस मूढ़, अविवेकी में इतना ज्ञान, विवेक होता तो यह झाड़ू-फटका करती अपनी जिंदगी गुजारती होती? नहीं न! यह तो हम जैसों का फर्ज है, इस ऊसर पड़े खेत में बुद्धि-विवेक की खाद डालना। इस अज्ञान की अँधेरी खोह में ज्ञान का अलख जगाना। इसलिए वापस आ डटी—

'अरे झाड़ू-पोंछा तो रोज ही करती है, उसकी कोई बात नहीं; पर दीपावली भी तो मनाती होगी, मनाती है कि नहीं?'

उसने कुछ सोचा और सहमे भाव से 'हाँ' में सिर हिलाया।

'अच्छा तो कैसे मनाती है दीपावली?'

'मेरा छोटा लड़का है न, वह एक पाकिट फुलझड़ी और दो अनार लाता,' फिर जैसे सूत्र उसकी पकड़ में आ गया हो, इस तरह खुश होकर बोली, 'उसके साथ मइ भी अनार छोड़ती, वो छोटा हइ न!'

'हाँ, लेकिन पूजा? पूजा भी तो करनी चाहिए भगवान् की। अच्छा, दीपावली को किसकी पूजा की जाती है, तुझे मालूम है?'

वह पहले अचकचाई, फिर थोड़े आत्मविश्वास के साथ बोली—

'भगवान् की।'

'हाँ-हाँ, लेकिन किस भगवान् की?'

उसने फिर मेरी तरफ हैरानी से देखा, मेरे अंतस्तल से दया का स्रोत फूट पड़ा। हे ईश्वर! ये अपढ़, नादान, कुछ भी तो नहीं जानते! यह भी नहीं कि देवी-देवता कौन-कौन से हैं—उनके क्या-क्या काम, कौन-कौन से विभाग

हैं। कब, किस दिन, किसकी पूजा की जाती है और उसका क्या विधि-विधान तथा फल मिलता है। इन्हीं मूढ़ों के लिए ही तो संस्कृत में वह श्लोक है कि विद्या, तप, दान, ज्ञान, शील और धर्म से हीन ऐसे व्यक्ति भूमंडल के भार-स्वरूप होते हैं। मनुष्य के रूप में पशुओं से भी गए-बीते। बहुत दुष्कर है इनके अंदर ज्ञान का अलख जगाना। कहाँ से शुरू किया जाए? लेकिन अब तो ओखली में सिर दिया ही है तो बात पूरी करनी होगी। कितना अच्छा होता अगर इस बीच कोई उपहार के पैकेटवाला आ गया होता तो इस प्रवचन की कड़ी आप से आप टूट जाती।

'हाँ तो सुन! भगवान् तो कई होते हैं, कोई पैदा करता है, कोई पालन-पोषण करता है, कोई विद्या-बुद्धि देता है, कोई धन-संपत्ति देता है, कोई विघ्न-संकटों से रक्षा करता है, समझ में आया?'

लेकिन उसने जिस तरह सिर हिलाया, उससे साफ लगा कि समझ तो वह खाक भर भी नहीं रही; लेकिन चूँकि मैं कह रही हूँ, इसलिए बात कुछ पते की ही होगी। एकाएक, जैसे बच्चे कक्षा में पढ़ाई की बोरियत से ऊबकर इधर-उधर ध्यान बँटाने लगते हैं, वैसे ही वही मेरी पूजा की चौकी पर रखी लक्ष्मी की चाँदी की प्रतिमा की ओर इशारा करके बोली—

'तुम्हारा भगवान् काए का है? चाँदी का?'

'हाँ, ये देवी लक्ष्मी की मूर्ति है न, आज इन्हीं की पूजा होती है। तुझे मालूम है, लक्ष्मी काहे के भगवान् हैं? लक्ष्मी धन-संपत्ति, सुख-सौभाग्य की देवी हैं, समझी?'

उसने 'हाँ' में सिर हिलाया और जैसे यह सोचकर खुश हुई, पूरा पाठ समझ में आए चाहे नहीं; लेकिन 'हाँ' में सिर हिला देने से मास्टर छुट्टी जरूर दे देंगे।

सबकुछ रख-रखाकर वह जाने लगी तो मैंने कहा—

'रात में एक बार आ जाना, यहीं पास में ही रहती है न तू...'

उसने सोत्साह 'हाँ' कहकर सामने फैली दस-बारह मैली-कुचैली चीथड़ों से ढाँपी झोंपड़ियों की तरफ इशारा कर दिया; जैसे अपना पता-ठिकाना नहीं, शहर का कोई दर्शनीय स्थल दिखा रही हो। अपना 'घर' दिखाने का गर्व उसके चेहरे से छलका जाता था।

'सुन, तू भी अपने मरद से कहकर रात में भगवान् की पूजा करना।' मन में सोचा, मैं भी अपनी पूजा के समय अपने भगवान् से थोड़ी पैरवी कर दूँगी, इनके सुख-चैन के लिए।

'मेरा मरद नईं…' उसने एक तटस्थ सी सूचना देने के लहजे में बताया।

'क्या?' एक झटका सा। लगा। मैं जैसे सन्न से नीचे आ गिरी।

'क्या हुआ तेरे मरद को?'

उसने उसी सूचना देने के से लहजे में किसी तरह अपनी टूटी-फूटी भाषा में समझाया कि उसका मरद गाँव से काफी दूर नहर खुदाई का काम करते-करते वहीं गहरे गड्ढे में गिरकर मर गया।

'अरे कैसे…?' मेरे मुँह से अनायास ही निकला।

'क्या मालूम…।' उसने उसी तटस्थ और शांत भाव से धीमे से कुछ बुदबुदाया—जिसमें मैं सिर्फ भगवान् भर ही समझ पाई।

मेरा दिल सहानुभूति-संवेदना से ऊपर तक लबालब था। मस्तिष्क में तमाम सारे संवेदना संदेशों की इबरतें घूम गईं। लेकिन संवेदना दें तो किसे? किसी को लेने की फुरसत भी तो हो। वह तो जल्दी-जल्दी झाड़ू-ब्रुश और दूसरी आलतू-फालतू चीजें समेटे वापस किचन में भागी; क्योंकि अभी उसे दो और फ्लैटों के फर्श चमकाने थे। झोंपड़े से काफी दूर सड़क किनारे फटे पाइप से पानी लाना था, सुबह के बरतन साफ करने थे, इधर-उधर डाँव-डाँव करते, मारे-मारे फिरते अपने बेटे को ढूँढ़ उसे दाना-पानी देना था। क्यू में खड़े मेरे संवेदना-संदेश मुँह ताकते रह गए। वह रेलगाड़ी सी भागती निकल गई।

ढली शाम ये आए। मैंने हुलसकर अगवानी की, लेकिन चेहरे पर अजीब सी उधेड़बुन हावी थी। मैंने सारे दिन की आवाजाही और रंग-बिरंगे पैकेटों का खुलासा बयान करना शुरू किया। उन्होंने किसी मातहत की रपट की तरह ही सुना। उकताकर चाय की तलब की और दो गहरे घूँट उतारने के बाद अपनी उद्विग्नता छुपाते-छुपाते भी पूछ बैठे—

'मजीठिया आया था?' 'मजीठिया' का मतलब मुझे मालूम था। सप्लायरों में सबसे कीमती नगीना और फिर दीपावली पर मजीठिया का पर्याय था, बेल्जियन-कट गिलासों का पूरा सेट, शैंडीलियर, मसूर की दालों से माणिक को ऐसे ही थाम दी गई पुड़िया या फिर बेशकीमती हीरे की छोटी सी अँगूठी।

मेरे 'न···नहीं तो' कहने पर बेचैनी थोड़ी और बढ़ी सी लगी।

'क्यों? क्या बात हो गई?'

'कुछ नहीं, यूँ ही पूछा था', फिर जैसे रोकते-न-रोकते अपनी उधेड़बुन जोड़ गए, 'ऑफिस में उसका ड्राइवर तो दीखा था इसका मतलब आया था।'

'कोई जरूरी नहीं कि आया ही हो, हो सकता है कि अपने ड्राइवर और गुमाश्तों को ही पैकेट्स लेकर भेज दिया हो।'

मेरी बात से उन्हें बल मिला। चाय के दो-चार और घूँट शांति से उतरे। लेकिन तभी बैचेनी फिर हावी—

'तो भी मेरे पास आए बिना···'

'अरे, हो सकता है, आपसे घर पर मिलना चाहता हो खुल्लर, मगन भाई और लाकड़ावाला की तरह मगन भाई बड़ी खूबसूरत सी तनछोई की साड़ी लाया है, दिखाऊँ?'

उन्होंने जैसे सुना ही नहीं।

'फिर भी—घर पर भी आना होता तो भी अब तक तो आ जाना चाहिए था। समझ में नहीं आता, इस मजीठिया के बच्चे को हुआ क्या!'

'कौन, पापा?' छोटे मिंटू ने अभी-अभी आए पिंस्ता बादामवाले बिस्कुटों के रंगीन रेपर को नोचते-नोचते पूछा।

'कुछ नहीं।' मैंने छोटे बेटे को टोका— 'ये बच्चों के सुननेवाली बातें नहीं।' और इनके पास जाकर सहानुभूतिपूर्वक पूछा कि क्या चाय और लेंगे? जवाब में इन्होंने एक अनमनी सी ना कर दी और सिगरेट सुलगाकर बॉलकनी पर टहलने लगे।

मैं बीच-बीच में किसी-न-किसी बहाने कुछ बोलने-बतियाने की कोशिश करती, दिमाग इधर-उधर बहकाने की भी, लेकिन इनके जवाब के अंत के साथ जुड़ता—'समझ में नहीं आता, इस मजीठिया के बच्चे को हुआ क्या?'

मैं अपना सहधर्मिणी का रोल अदा करने में जी-जान से जुटी थी। वैसे भी इनका दुःख और बेचैनी इनसे ज्यादा मेरी थी। मजीठिया हर साल सबसे पहले आया करता था और इस साल तो इनका प्रमोशन भी हो गया था। प्रमोशन के बाद खुशी-खुशी सारे साल की आमदनी का अंदाजा लगाते हुए मजीठिया को हमने सबसे ऊपरी पायदान पर रखा था, और उसी मजीठिया का

दीपावली की शाम तक कहीं अता-पता नहीं था।

रोल अदा करते-करते एक भूल हो गई। एक बेहद लचर, बचकानी सी बात निकल गई मुँह से—

'सुनिए आपके प्रमोशनवाली बात उसे मालूम है?'

ये भभक पड़े—'अजीब बेवकूफी की बात करती हो तुम भी? अरे! प्रमोशन की बात का इससे क्या लेना-देना, वह तो वैसे ही आता रहा है हर साल, उस तरह तो आता।' लेकिन तभी जैसे कुछ खटका हो—'कहीं ऐसा तो नहीं कि इधर-उधर के छुटभइयों ने कान भर दिए हों उसके कि काम तो सारा मातहतों के थ्रू होता है; अब बेकार बड़े साहब के लिए माल ढोने का क्या मतलब, लेकिन अगर उस स्साले ने ऐसा सोचा है तो...'

कहने के साथ ही इनके चेहरे पर जो आँवे की आग धधक उठी तो मैं सहम गई। फौरन ठंडे पानी के छींटे ताबड़तोड़ मारने लगी—

'अरे छोड़िए, बरसों से बिजनेस का पक्का खिलाड़ी है, वह ऐसी गलती भला कैसे कर सकता है!'

और सचमुच ये फौरन ठीक तापमान पर आ गए।

'हाँ, यह तो है ही, लेकिन फिर भी समझ में नहीं आता कि इस मजीठिया के बच्चे को...'

दरवाजे की घंटी बजी। छोटा बेटा चट से उचककर बोला, 'मैं देखूँ पापा? शायद 'मजीठिया' हो।'

मेरे आने से पहले ही वह दरवाजा खोलने भागा और पलक झपकते लौटकर मेरे कानों में फुसफुसाया—

'सुल्तान ब्रदर्स...खूब बड़ा सा पैकेट है।'

'धत्!' मैं अंदर से मगन होते हुए उसे बनावटी रोष से तरेरती हूँ। तभी मेरा ध्यान वापस इनकी ओर जाता है और मेरा उत्साह ठंडा पड़ जाता है। घंटी बजने पर सचमुच इन्होंने अपनी उतवाली छुपाते-छुपाते भी बेचैनी से दरवाजे की ओर देखा था; लेकिन अब वापस चहलकदमी तेज हो गई।

अब? मुझे कुछ नहीं सूझता तो बैठे-बैठे मजीठिया के बच्चे को कोसने लगती हूँ। बना-बनाया त्योहार बिगाड़ दिया। अरे, आ जाता तो कौन सा सोना झर जाता उसका! करोड़ों का आदमी है। हमारी साल भर की खुशियों पर पानी

फेरने से आखिर क्या मिला उसे? और मैं पाती हूँ कि इनका वाला सुरूर अब ठीक उसी तरह मेरे सिर पर चढ़कर बोल रहा है, आखिर मजीठिया के बच्चे को हुआ क्या? क्यों नहीं आया हर साल की तरह।

घंटी फिर बजती है। इस बार बाकी दोनों बच्चे अनार, चरखी, रॉकेट, फुलझड़ियों के बड़े-बड़े पैकेट से लदे-फदे उछलते-कूदते लौट आए हैं। छोटा बेटा उनके पास आता है, लेकिन मेरे और इनके चेहरे की ओर देखकर वे दोनों सहम गए। दोनों का एक साथ सवाल मिला है कि 'क्या हुआ?'

और जब तक मैं कुछ सोचूँ या बोलूँ, छोटा मिंटू टप से बताता है, 'वो मजीठिया इस साल आया ही नहीं…।

'शटअप!' ये जोर से दहाड़ते हैं!

थोड़ी देर इंतजार करने के बाद मैं चाहती हूँ कि इनसे कहूँ, गोली मारिए उस मजीठिया को। आइए, चलिए पूजा करें, लेकिन जानती हूँ, पूजा करते हुए भी क्या मजीठिया चैन लेने देगा? उसी की लाई आधा किलो ठोस चाँदी की लक्ष्मी की ही तो हम हर दीपावली पर पूजा करते आए हैं। यों ऐसा कोई रिवाज या रूढ़ि नहीं थी। परिवार में तो पहले हमेशा मिट्टी के गणेश और लक्ष्मी की छोटी सी प्रतिमा और चार आने के माला, फूल, बतासे में ही हँसी-खुशी लक्ष्मी-पूजा की आरती हो जाती। लेकिन अब जब चाँदी की ठोस लक्ष्मी पधारने लगीं तो मिट्टी की मूर्ति पूजने की बेवकूफी कौन करता, इसलिए वह आदत ही छूट गई। गणेश-लक्ष्मी की नई मूरती ही नहीं।

'बाई!'

ओह! सुगंधा को आने के लिए कहा था। लेकिन अभी तो कुछ हुआ ही नहीं। मैंने बेमन से मिठाइयों का एक पैकेट उसकी ओर बढ़ा दिया।

उसने उत्सुक आँखों से एक बार पूजा की चौकी की ओर देखा और बड़े प्रेम से हाथ जोड़कर मिठाइयों का पैकेट माथे से लगाते हुए बोली—

'पूजा सँपली? (हो गई?)'

'नहीं, पूजा अभी नहीं हुई। यह प्रसाद नहीं, ऐसे ही मिठाई है। तू जा अब।' मैं किसी तरह जल्दी-से-जल्दी उसे टरकाना चाहती थी।

लेकिन उसकी आँखों में अपार विस्मय झाँक उठा; जैसे विश्वास ही नहीं कर पा रही हो कि भला यह कैसे हो सकता है? अब तक पूजा नहीं हुई?

मुझसे उसकी हकबकी, विस्मय भरी उपस्थिति सही नहीं जा रही थी। किसी तरह एकदम रूक्ष स्वर में बोली—

'कहा न, लेके जा···सुबह आना, हम पूजा देर से करते हैं।'

कुछ न समझते हुए भी वह मेरी आवाज की तुर्शी से सहमकर धीमे-धीमे सीढ़ियाँ उतर गई।

इसी के साथ सबकुछ शांत और निस्तब्ध होता चला गया। हालाँकि अब चारों तरफ से छूटते बमों और पटाखों की तेज आवाजें आ रही थीं। सड़क पर शोर-शराबा, हो-हुल्लड़ बढ़ रहा था। रोशनी की कतारों में जबरदस्त होड़ा-होड़ी-सी चल रही थी; लेकिन सागर-तट की पंद्रहवीं मंजिल के मेरे फ्लैट में एक अजीब सा सन्नाटा था। बम छूटते तो सन्नाटा और ज्यादा महसूस होता।

अंततः पूजा हुई। बच्चों ने पटाखे भी छोड़े, इन्होंने वापस बॉलकनी में जाकर सिगरेट सुलगा ली। मुझे कुछ न सूझा तो इन्हें ज्यादा डिस्टर्ब करना ठीक न समझ, चुपचाप निस्तब्ध सन्नाटे में पिछले कमरे की खिड़की से जा लगी।

सामने! पंद्रहवीं मंजिल से बहुत नीचे, काफी दूर, सागर-तट से लगी, मैले-कुचैले चीथड़ों से ढँपी झोंपड़ों की एक कतार थी। उस कतार में एक अँधेरी सी झोंपड़ी के सामने सुनहरे, हरे और सफेद बूटोंवाला छोटा सा अनार छूट रहा था और उसमें घुली थीं दो मुक्त-मगन खिलखिलाहटें।

□

७

चोर दरवाजे

जो दिखता है, सच होता है न! जैसे सुबह-सुबह के घटाघोप बादल, झिरझिराती बूँदें और उन बूँदों को सोखती मिट्टी की सोंधी सुबास।

जैसे क्रीम-क्रेप के सरसराते परदे खिसकाता खेमचंद और उसके हाथ से अपने-अपने चाय के प्याले थामते हम दोनों।

यह सब कितना खुशनुमा सच है!

यह भी कि हम दोनों ने प्याले पकड़ाते खेमचंद से अलग-अलग पूछा कि उसने 'बाबा' को टाइम से बोर्नविटा दे दिया था न! 'जिम' के लिए वह लेट तो नहीं हुआ?

फिर चाय के कप के साथ हमने अपने-अपने अखबार सँभाल लिये हैं।

कैलीफोर्निया में भूकंप, गाजापट्टी में पथराव, अमेरिका का जहाजी बेड़ा, शेयर्स के भाव, सोने की गिरावट, ब्राउन शुगर की स्मगलिंग।

बहुत-बहुत सालों पहले एक ही अखबार आया करता था। उसपर सुबह-सुबह हम दोनों एक साथ झपटते थे, थोड़े बड़े होने पर बच्चे भी। अकसर अखबार थोड़ा फट-फटा भी जाता था और हम दोनों में से कोई भी अखबार नहीं पढ़ पाता था। इसके साथ-साथ और भी बहुत सारे बेशऊर, बचकाने किस्म के सच घटित हुआ करते थे।

उन सचों का अंत भी उतना ही बचकाना और बेहद हैरतअंगेज बला का रूठना, हिलक-हिलककर रोना और रोते ही चले जाना। खीजना, मनाना, मनाते-मनाते चिल्ला पड़ना और फिर खूब जोर से हँसना तथा खिलखिलाते

हुए स्कूटर की उड़नतश्तरी पर जमीन–आसमान के बीच तेज रफ्तार सरसराते हुए निकल जाना।

तब सुबहें इतनी शांत–संभ्रांत नहीं हुआ करती थीं। बिलकुल इसी सावनी हवा, बादल और इस पानी की तरह मनमौजी कि बरसे तो बरस लिये जमकर और झूमे तो झूम लिये। मन किया चीखे–चिल्लाए, मन किया रूठे–इठलाए, तब हमें कुछ दोस्तों ने समझाया कि यह इतनी कीमती जिंदगी इस तरह गँवा देने के लिए नहीं है। कुछ हासिल करने, उपलब्ध करने के लिए है। हमें उनकी बातों में दम लगा और हम उपलब्धियों की दिशा में मुड़ लिये।

दिन बीते, फिर कुछ और किस्म के सच जुड़े; जैसे खीजना, झल्लाना और मनाने की जगह उलटे रूठ जाना। खीजना और चुपचाप अपने ऑफिस चले जाना। फिर अलग–अलग अपने–अपने ऑफिसों में खूब थकना। थके–थकाए ढली शाम घर लौटना। थककर पड़ा रहना, पड़कर सो जाना। लस्त–पस्त पलकों पर पहाड़ों के बोझ से लादे। न रूठकर पड़े रहने की मुहलत और न मना पाने की शक्ति और तलफलाहट ही।

लेकिन सुबह उठकर चुस्त–दुरुस्त फिर से ऑफिस। ऑफिस में ढेर सारी चुनौतियाँ। चुनौतियों की बल्लियाँ और इन बल्लियों की सीढ़ियाँ बनाकर चढ़ते चले जाना। ऊपर, बहुत ऊपर।

हर बार लगता था, यह आखिरी सीढ़ी है। बस यह वाली, लेकिन ऊपर पहुँचकर दिखता कि अरे अभी तो एक–दो और हैं। जब उतनी चढ़े तो एकदम आखिर की एकाध क्यों छोड़ी जाए? लो भई, जोर लगाके हइश्शा···

लेकिन उनपर पहुँचकर अभी उखड़ी साँसें भी न समेट पाते कि आँखें फटी–की–फटी रह जातीं यह देखकर कि अरे, यह किस माया–मंतर से दो सीढ़ियाँ और जुड़ गईं!

तो हम चढ़े, खूब चढ़े। अलग–अलग अपनी–अपनी सीढ़ियों पर। नटों की तरह पैंतरे बदल–बदलकर, करामातें दिखाते हुए। कानों में कभी–कभार तालियों की गड़गड़ाहट सुनाई पड़ती, कभी कानाफूसियाँ और कभी कुढ़न से खाक हुई गुबारें।

धीरे–धीरे भीड़ छँटकर तितर–बितर होती चली गई थी। फिर एक सन्नाटा सा सिर्फ हम और हमारी सीढ़ियाँ या कहें कि अलग–अलग, अपनी–अपनी

सीढ़ियों पर हम दोनों। बहुत ऊपर से नीचे का कुछ साफ, स्पष्ट दीखता भी नहीं। हम ऊपर चढ़ते गए, नीचे का सबकुछ धुँधलाता गया। खट्टे-मीठे, रूठते-मनाते, खीजते-इठलाते, सारे के सारे सच भी।

फिर उसके बाद सीढ़ियाँ स्थिर सी हो गईं और हम और ज्यादा ऊपर चढ़ने में अशक्त भी तब हमने असहाय सी आँखों से देखा, नीचे के धुँधलाए सचों के तो वापस मिलने का सवाल ही नहीं था। न हम दोनों की सीढ़ियाँ ही एक-दूसरे के करीब जाने की मुहलत देती थीं। वे सिर्फ हमें अपनी-अपनी खोखली मीनारों के मुहानों पर पहुँचाकर चूक जाया करती थीं। जिंदगी का बाकी बचा हिस्सा जैसे एक विशालकाय म्यूजियम।

हमारी सुबहें और शामें इस म्यूजियम की दीवारों पर टँगती चली गईं। सब कहीं बीते समय की ढाल-तलवारें। भुस भरी खाल और काँच की आँखें। चिटकी सुराहियाँ और जरी-कामदानी की जर्जर झालरें। अतीत के खँडहरों से निकले बुझे दीवट और धुएँ से अँटे आले।

इसी दीवाल पर आज की यह सुबह भी हम टाँगने जा रहे हैं।

लेकिन उससे पहले तमाम और जरूरी चीजें। एक-दूसरे को दी जानेवाली जरूरी सूचनाएँ—'जब तुम बाथरूम में थीं तो अडवानी और कामत का फोन आया था।'

'हल्दियाज तुम्हारी कोरियर सर्विस से कुछ बेशकीमती डाइमंड्स भेजना चाहते हैं। फोन का नंबर स्लिप पर लिख दिया है।'

'इनर व्हील की मिसेज डिकोस्टा इनॉगरल फंक्शन के लिए कुछ डिस्कस करना चाहती थीं, बात कर लेना।'

'शनिवार की पार्टी में दर्शन रावत ने मोदीज को भी लेते आने को कहा है।'

'तुम्हारा मद्रास का टिकट आ गया है। अभी-अभी एजेंट ने फोन किया था।'

'और तुम्हारा विल्सन एंड विल्सन से कल नौ बजे का एपॉइंटमेंट कनफर्म है।'

हम दोनों ने अपने-अपने अपॉइंटमेंट नोट कर लिये हैं। नंबरों के डायल घुमा लिये हैं। फिर से अखबार पलटे और तहाए हैं और आरामकुरसियों पर पैर फैलाते-सिकोड़ते हुए दो-तीन ऊँची-नीची जम्हाइयाँ ली हैं।

सुर्खियों और ऐशो-आराम से ठसे-ठस्स जिंदगी!

तरसते हैं लोग ऐसी जिंदगी एक घंटे जी पाने के लिए।

बादल हलके से गड़गधड़ाए हैं। बिजली की एक-दो आड़ी-तिरछी लाइनें कौंधी हैं। झीसियाँ हलकी बूँदों में तब्दील हुई हैं।

ऊदा-ऊदा सा मौसम।

तुमने कबर्ड से इनकम टैक्स की फाइलें और कार की चाबी निकाली हैं, चप्पलें बदली हैं। फिर खुद से, कबर्ड के पल्लों से तथा मुझसे एक साथ कहा है—'हजेला के साथ ये फाइलें डिस्कस करनी हैं, लंच भी उसी के साथ···'

'ओ.के.' मैंने भरपूर जम्हाई के साथ सुनने और जवाब देने की खानापूरी की है। फिर जैसे अपनी तरफ से भी इत्तला देने के अंदाज में कहा है कि मुझे भी उसी तरफ जाना है, थोड़ी देर के बाद···

तुमने 'कहाँ?' 'क्यों?' जैसी जिज्ञासा, कौतूहल या सवाल कुछ भी नहीं किया। न झल्लाए ही कि जहाँ जरा बाहर निकलो, पुछल्ले की तरह पीछे लग जाती हो। (जैसे सालोसाल पहले)। सिर्फ इशारे से साथ चलने का संकेत कर देते हो।

कार स्टार्ट होने के साथ ही बारिश तेज हो जाती है। बहुत तेज। मूसलधार। हवा के तेज-तर्रार झोंके बारिश की धारों को एकदम बेतरतीबी से चारों तरफ छितराते चले जाते हैं। सामने शीशे के वाइपर जी-जान से बारिश की कतारें दोनों तरफ हटाते जा रहे हैं। हम दोनों एक साथ, अलग-अलग इस मशक्कत भरी खूबसूरती को देखे जा रहे हैं।

अचानक बारिश और तेज हुई है। सड़क की ढलानों से तेजी से बहता पानी मुहानों पर इकट्ठा होता चला जा रहा है। बीचोबीच से दोनों तरफ पानी छरछराती हुई कार बढ़ती जा रही है।

सड़क के किनारे जगह-जगह पानी में छपछपाते नंग-धड़ंग बच्चे छपकोरियाँ मार रहे हैं। कार के पास आने पर तेज छींटे पड़ने के साथ ही वे जोर से किलकिलाते, एक-दूसरे को धकियाते, भागने लगते हैं।

इसी आँधी-तूफान में इन किलकिलाते बच्चों को देखकर मेरा मन करता है, अचानक गाड़ी रोक लूँ। फिर इन सारे बच्चों को कार के अंदर भरकर शीशे चढ़ाकर लॉक कर दूँ और खुद की खुद घुटनों जितने पानी में छपाछप करती, उन बच्चों को गुमसुम कार में जाते देख खिलखिलाकर हँसती रहूँ।

सड़क की बाईं तरफ 'क्रीम-पारलर' का बारिश से धुला बोर्ड झलकता है।

'आइसक्रीम···लेनी है ?'

'न···नहीं।'

पिछले सत्रह सालों में जाने कितनी बार, इसी तरह इस रास्ते से गुजरते हुए तुमने ठीक इसी लहजे में यह पूछा है और मैंने भी ठीक इसी लहजे में यही जवाब दिया है। इस वाक्य के पीछे चिपका प्रश्नवाचक चिह्न कभी नहीं हटा।

अचानक मेरे अंदर एक चोर दरवाजा खुलता है। मैं चौंक जाती हूँ। वहाँ तो मैं ही खड़ी हूँ। पूरे सत्रह सालों से इंतजार करती हुई कि एक दिन 'आइसक्रीम लेनी है ?' पूछे बगैर तुम झटके से ब्रेक मारोगे और कार से उतर पड़ोगे। फिर एक अलमस्त, खुशगवार लहजे में उद्घोषणा-सी करोगे कि···

'आज तो इस कड़कड़ाती, बर्फीली ठंड में आइसक्रीम खानी है, आओ उतरो···'

कहाँ ? चोर दरवाजा ढप्प से अदृश्य हो जाता है। मैं बेहताशा उस बंद दरवाजे पर हाथ पटक-पटककर चीखती रह जाती हूँ; लेकिन दरवाजा नहीं खुलता। मेरी आवाज किसी साउंडप्रूफ घेरे में बंद होकर रह जाती है।

सिर्फ कुछ गज की दूरी पर आगे समंदर है। तेज बारिश में लहरों के थपेड़े पर थपेड़े मारता हुआ ! उन्मत्त हरहराता, बरसते पानी की धारों को गटागट निगलता हुआ।

हवाएँ साँय-साँय, बड़े-बड़े पेड़ों को झकझरोती, बेखौफ हुड़दंग मचा रही हैं।

पर एक नन्हा झोंका भी मेरी कार के अंदर बंद होना नहीं चाहता। गुस्ताख !

मेरे मुँह से अनायास ही निकल जाता है—

'समंदर तक जाना है।' मैंने पूरी ढिठाई से इस वाक्य के पीछे का प्रश्नवाचक चिह्न उखाड़ फेंका है।

तुम्हें जैसे विश्वास ही नहीं होता कि यह मैंने कहा है। अचकचाकर मेरी ओर देखते हो; लेकिन फौरन अपने मन का भाव ढाँपकर कतरा जाते हो।

मैं पढ़ लेती हूँ, वह परेशानी, हैरत और असमंजस कि

'इस तेज धरधराते पानी में ?'

तुमने कहा नहीं है; पर तुम्हारे चेहरे पर लिखी यह बहुत पुरानी, बहुत पहचानी इबारत है; जैसे—

इस धूप में? इस अँधेरे में? इस ठंड में?

इस भीड़ में? इतनी सुबह-सुबह? इतनी शाम को? इतनी रात गए? यानी?

यानी, कभी नहीं।

लेकिन आज तुमने दुहराया सा है, जैसे समंदर पर चलना है। और इस वाक्य के साथ चेहरे पर उभरते सवाल को बड़े करीने से दबा देते हो, जिस तरह गाड़ी का ब्रेक, और गाड़ी रोक देते हो।

एक पति नहीं, एक ड्राइवर की तरह। और छतरी खोलकर चलने का इंतजाम करने लगते हो।

उफ! मैं कितना चाहती हूँ कि तुम मुझसे एक बार, सिर्फ एक बार पूछो तो कि आखिर इस समय मैं समंदर पर क्यों जाना चाहती हूँ?

और जवाब में मैं कहूँ कि सिर्फ इसलिए, जिससे एक बार तुम्हारे साथ समंदर के किनारे-किनारे चलने-बैठने के बाद दुबारा किसी के भी साथ आऊँगी तो समंदर बेहद खूबसूरत लगेगा। तुम्हारे बाद किसी का भी साथ बेहद खूबसूरत लग सकता है। और कोई भी नहीं तो निपट अकेलापन तक।

लेकिन तुमने मुझे फिर हरा दिया है। पूछा ही नहीं। जो कुछ मैं तुम्हें लेकर, तुम्हारे बारे में, तुमसे कहना चाहती थी, उसका मौका न देकर कि आखिर तुम समंदर तक मेरे साथ क्यूँ जाना चाहती हो?

पानी की थोड़ी मंदी पड़ी बौछारों की तरफ तुम दुबारा बेचारगी से देखते हो और कार का दरवाजा लॉक करते हुए जल्दी से छतरी खोल लेते हो।

पानी से बचने के लिए जल्दी से छतरी निकालते हुए तुम बेहद हास्यास्पद लगते हो। झिरझिराती बूँदों का डर?

इसीलिए मैं बड़ी कृपापूर्वक तुमसे कहती हूँ कि तुम गाड़ी में बैठे रहो। मैं अकेली समंदर किनारे की बेंच पर बैठकर आती हूँ।

लेकिन तुम बगैर कुछ कहे, बगैर कुछ पूछे, चुपचाप मेरे ऊपर छतरी ताने चलने लगते हो।

बारिश से बचते, भागते, चलते, राहगीर रुककर हमें इज्जत व रश्क से देखते हैं और वापस तेज-तेज चल देते हैं।

अचानक अंदर का चोर दरवाजा फिर खुलता है। मैं उस चोर दरवाजे में

झाँककर देखती हूँ—तुम छतरी मेरी जगह अपने सिर पर लगाए, मुझे जान-बूझकर भीगने देकर छकाते, चिढ़ाते, तेज-तेज कदमों से भागे जा रहे हो और मैं पल्लू तथा बालों से पानी निचोड़ती, झुँझलाती, खिलखिलाती तुम्हारे पीछे-पीछे दौड़ती आ रही हूँ।

'गाड़ी तुम ले जाओ। मुझे हजेला की गाड़ी छोड़ जाएगी, हजेला का फ्लैट आ गया है।'

चोर दरवाजे की जगह कार का दरवाजा ढप्प से बंद।

मैं हाथ बढ़ाकर कार की चाबी ले लेती हूँ और एकबारगी चहक उठती हूँ; जैसे मेरे हाथों में जादुई चिराग आ गया हो। अब मैं अकेली हूँ और वह सबकुछ कर सकती हूँ जो मैं चाहती हूँ—जैसे समंदर किनारे घंटों-घंटों चलना, चलते चले जाना—निर्जन, सपाट रेत में जब तक दिल चाहे बैठे रहना, निरुद्देश्य। लेकिन 'निरुद्देश्य' के साथ ही एक ऊब पसरने लगती है। तो? और कुछ?...लेकिन क्या? मैं इस शहर के सारे होटलों में खाना खा चुकी हूँ। आगे-पीछे चलनेवाले सारे थिएटर देख चुकी हूँ। गजलों के सारे हिट कैसेट्स मेरे पास हैं। जब तक हम घर में रहते हैं, ये कैसेट्स सिलसिलेवार चलते रहते हैं और पिछले हफ्ते ही मैं पूरे पाँच बूटीक्स और एग्जीवीशन-कम-सेल के चक्कर मार चुकी हूँ।

फिर? आखिर मैं क्या चाहती हूँ?

मुझे फिर से पानी में छपछपाते वे नंग-धड़ंग बच्चे याद आते हैं। मैं फिर से उन बच्चों को पिंजड़े की तरह अपनी कार में भरकर कहीं दूर ले जाकर चूहे, बिल्लियों की तरह छोड़ आने की ख्वाइश करने लगती हूँ। छिह! कैसी बचकानी जिद, वाहियात खयाल!

हाँ ठीक, मुझे राजस्थान ज्यूलरी में जाना चाहिए और कुछ बेहद कलात्मक, बेशकीमती आभूषण तलाशने चाहिए।

बस स्टॉप से गुजरी ही थी कि जैसे किसी ने मेरा नाम पुकारा और खुशी से चीखते हुए वह मुझसे आ लिपटी। मेरी एक बहुत पुरानी सहेली। सचमुच, मैं बेहद खुश हुई। जैसे माँगी मुराद मिली हो।

मैंने फौरन उसे अपने घर लंच पर आमंत्रित कर लिया और इस झपाटे से उसे कार में बिठाकर ले उड़ी, जैसे बारिश में छपछपाते बच्चों में से ही किसी

एक को धर पकड़ने में कामयाब हो गई हूँ।

अब मैं खुश हूँ, बेहद खुश। मैंने अपनी एक बेहद मामूली दरजेवाली पुरानी सहेली को बस के लंबे क्यू से निजात दिलाई है। (क्यू के बाकी लोग कैसी लालायित आँखों से देखते रह गए!) उसे चमचमाती कार में बिठाकर अपने घर लजीज लंच खिलाने ले आई हूँ।

घर लाकर मैंने उसे सनसनाते एयर कंडीशंड ड्राइंगरूम में बिठाया। ठंडा शरबत और भाप उड़ाता खाना खिलाया। खेमचंद पूरी मुस्तैदी से अपना सफेद कोट पहनकर प्लेटों में सब्जियाँ, गिलासों में पानी डालता रहा। आदमकद स्पीकर्स पर धीमा-धीमा म्यूजिक बराबर चलता रहा।

सहेली ढेर सारी बातें चहक-चहककर बोलती रही। मैं मंद स्वर में हाँ-हूँ करती सुनती रही। मेरी जोर से या ज्यादा बोलने की आदत कब की खत्म हो चुकी है। घर में नौकरों, ऑफिस में मातहतों को 'डील' करते-करते। जल्दी ही सहेली की ज्यादातर बातें निरर्थक और सारहीन सी प्रतीत होने लगीं।

फिर अचानक सहेली भी चुप सी हो गई। बोलने का मजा नहीं। यूँ भी हम दोनों के पास 'कॉमन' टॉपिक बहुत थोड़े बचे थे। 'अतीत' की बचकानी हास्यास्पद बातें बहुत जल्दी चुक गई थीं और मेरे इंपोर्टेड वी.सी.आर., कश्मीरी कारपेट और कैक्टसों की भाषा से वह वाकिफ नहीं थी। मैं सगर्व उसे अपने 'रेयर' कैक्टसों का कलेक्शन दिखाती रही और वह मात्र अहमकों सी गरदन हिलाती रही। कोई सवाल, कोई जिज्ञासा नहीं।

फिर जैसे थोड़ी देर बैठने की खानापूरी कर वह उठ खड़ी हुई। इतनी ही देर में अंदर के माहौल ने उसे गुमसुम और रिजर्व बना दिया था।

लेकिन एयर कंडीशन के बाहर गेट तक जाते-जाते बाहर की भीड़ आवाजों सी मिल वह जैसे ताजा फूल सी खिल गई थी, जैसे—किसी कैदखाने से रिहाई मिली हो।

बिदा लेने से पहले वह अचानक मुड़ी और बहुत सँभालते-सँभालते भी बड़ी सहानुभूति और दयापूर्वक कहती गई—'कितनी ऊब जाती होगी न तू इस तरह रहते-रहते।'

मैं हकबकाई सुनती रही। कोई सफाई न सूझी। इतना तो कम-से-कम चिटककर कह ही सकती थी—

'क्यों? मेरा बेटा भी तो है।'

लेकिन इसके जवाब में अगर वह चहककर पूछती कि सच? अच्छा? कहाँ?

तो! क्या मैं कहती कि मुझे खुद नहीं मालूम? शायद टेनिस कोर्ट में, शायद जिमखाने में, शायद कोचिंग क्लास में, शायद स्वीमिंग पूल में, शायद···हाँ होस्टल से घर आया है, इतना पक्का मालूम है।

बाहर जाती हुई सहेली खुश-खुश बस स्टॉप की तरफ बढ़ रही है। मैं अंदर, अपने हवा बंद शीशे मढ़े फ्लैट में।

हाँ, शाम को भी हर छुट्टी के दिन की तरह सबकुछ तरतीबवार हुआ।

हमने शाम के शो के लिए एक नाटक के टिकट खरीदे और गेलॉर्ड में खाना खाया। जाते हुए कार रोककर टॉर्च की खत्म हुई बैटरी ली और पॉलिश की डब्बी भी।

देर रात घर लौटने पर हमने अलग-अलग खेमचंद से बेटे के लिए पूछा। वह तब तक नहीं आया था।

मैं सोच रही हूँ कि बेटा भी शाम को आया होगा। उसने भी हमारी तरह खेमचंद से पूछा होगा; फिर टेनिस, जिम, हेल्थ-क्लब, जिसका भी समय रहा होगा, वहाँ चला गया होगा।

हम रहते तो भी यही होता। वह हमारे पास बैठने के लिए कुछ देर को आता। बैठता, बैठने के साथ ही ऊबता, ऊबने के साथ ही उठ पड़ता।

फिर हम दोनों ही रह जाते, जैसे—इस वक्त।

काश! हममें से भी कोई एक बेटे की ही तरह उठ जाता, दूसरे को निजात देते हुए! लेकिन हम ऐसा नहीं कर सकते। इसलिए सोने से पहले हमने शायद एक-दूसरे को बेहद लाचार आँखों से देखा।

जैसे अपने मौन के कुएँ में प्रश्न का एक चक्का सा डाला कि

हम साथ-साथ जी पाने के लिए और कितना, क्या करें?

रात बीत रही है और एक राहत सी।

बीता, एक दिन और।

लेकिन बीतती रात के साथ एक भयावह घबराहट सी भी—

सिर्फ कुछ घंटों बाद फिर से एक ऐसे ही दिन की शुरुआत।

□

अंतरंग

फिल्मी अंदाज में बाँहें फैलाए बेशुमार अपनापन छिटकाती वे बड़ी मशक्कत से गद्देदार सोफे से उठने की कोशिश कर रही थीं— हाऽऽऽए! कित्ते सालों पे मिलना हो रहा है न! आ जाओ ना, चप्पलों के साथ ही; यहीं सोफे पे ई गपशप करते हैं।

पुरानी पहचानों का सिलसिला चल निकला।

तभी किचेन के दरवाजे से 'वह' झाँकी थीं। सिर्फ एक नन्हा दुबला चेहरा! कच्ची बर्फ के नरम गोले सा।

टीना की बेबी? मैं खुशी से लहकती कि हिश्श! तीनों शब्द उन्होंने लपककर फौरन ढाँप से दिए। उनके सुर्ख लिपस्टिक लगे होंठों का प्यार बदमजा सा हो आया—

'पानी लाना, दो गिलास।'

और बुदबुदी आवाज में ही दबा सा उलाहना दे डाला।

'टीना का बाबा तो कुल तीन का है। लिखा नहीं था आपको दार्जिलिंग से? याददाश्त—'

'बूढ़ी हो रही है न उम्र के साथ।'

तभी ट्रे में रखे पानी के दो गिलासों के साथ कच्ची बर्फ के नरम गोले की औकात मेरे सामने थी। झुकी-सहमी आँखों के नीचे बेहद स्थिर से होंठ, जैसे बर्फ में दबकर जमी कोई नन्हे फूल की पंखुरी।

अब दिखे, उसके रिबन में समेटे रूखे-रूखे बाल। और किसी बड़ी सी

मैक्सी की लंबाई काटकर बनी, उसके शरीर पर झूलती पोशाक। अचानक मुझे लगा, इसे कहीं देखा है। पर ऐसा मेरे साथ अकसर होता है। यक-ब-यक किसी नए चेहरे पर पहले की दिखी किन्हीं आँखों, किन्हीं होंठों के अक्स उभरने लगते हैं। पर फिलहाल तो सचमुच शर्मिंदा हो ली मैं, उसे टीना की बेबी समझ लेने पर।

'ट्रे लेके यूँ ही खड़ी रहेगी या झुक के आगे भी बढ़ाएगी।'

वह चौंकी, मैं भी। उसने सहमकर ट्रे झुकाया। मैंने सहमकर गिलास उठाया।

खुद पर फेंका एक धिक्कार! अगर मैं गिलास पहले ही उठा लेती तो वह शायद एक अदद अवहेलना से बच जाती।

मैंने क्षतिपूर्ति करनी चाही। उसकी आँखों में पूरी सहानुभूति और कृतज्ञता उड़ेलकर। उसने दृष्टि की यह भाषा पहचानी थी। शायद उसके जीवन का यह सबसे अविश्वसनीय क्षण था। कोई दृष्टि उसे इस प्रकार सहलाए, उसपर इतनी देर तक टिकी रहे!

'थैंक्यू बेटे!' मैंने गिलास वापस ट्रे में रख दिया।

एक भोली कृतज्ञता आँखों में भरे वह मुड़ ली।

'गिलास तेरी ट्रे में, और आँखें चारों तरफ चकबकी, तो कट गिलासों का सत्यानास तो होना ही होना न!'

कट गिलासों के नुकसान जैसी तमाम संभावित परेशानियों और समस्याओं की खिजलाहट से उनका चेहरा बुरी तरह सिकुड़, खिंच आया था। तर-ब-तर ब्लाउज में पसीजती दबी, ढकी झुर्रियाँ झुँझलाई थीं—

'सुन, दो कप बढ़िया सी चाय, बगैर कुछ तोड़े-फोड़े! खैर, वो तो तुमसे कहना ही बेकार।'

मुड़ ली वह।

हिदायत नॉनस्टॉप जारी थीं। 'शक्कर अलग से। गुड़ का शरबत न बना लाना। ट्रे सजाने के चक्कर में पानी खौलकर जोशांदा न हो जाए, पर इत्ती हलकी भी नहीं···' मेरी ओर मुड़ीं—'ठीक कहो तो जोशांदे का काढ़ा और हलकी कहो तो चावल का माँड़।'

बेल बजी। जमादारनी। देख जरा। दूधवाला। बाटली दे-दे चार। फोन?

उठाना तो। रुक्क, आई मैं। अभी आई जी, वरना ये कमबख्त जाने क्या बोल दे!

वे उठीं तो मैंने सोफे से ही जरा खिसककर किचेन में झाँका। कुकिंग रेंज की ऊँचाई से जरा ही ऊँची वह खौलते पानी में चाय की पत्ती डालने के बाद भगोने में दूध गरम कर रही थी! मुझे लगा, वह नहीं बहुत छोटी मैं ही अपने छोटे हाथों में गरम दूध का भगोना लिये दूधदानी में उड़ेल रही होऊँ! जरा भी छलका कि…

एक चीख सी घुटी मेरे अंदर। तभी वह भगोना फ्रिज में रखने के लिए मुड़ी। मुड़ी तो मुझे अपनी ओर देखते पाकर बरबस मुसकरा दी, नन्हे फरिश्ते की तरह। जैसे एक पल को मेरी आँखों में दुबककर सुस्ता ली हो।

'ओ.के.जी', वे फोन रख रही थीं। हम दोनों चौंककर सँभल लिये।

उन्होंने चाय होंठों से लगाई। सिकुड़कर बिदक आए होंठ, 'चाय तो इसकी हमेशा स्टोन-कोल्ड ही मिलती है; पर क्या किया जाए…' और उन्होंने बदमजा सिप ली।

सिप के साथ ही सामने उसे खड़ी पाकर उन्हें याद हो आया—'डस्टिंग नहीं निपटाई न? खुद तो तुझे क्या-क्या याद रहेगा—'

वह झाड़न लेकर डस्टिंग करने लगी।

इधर मन में लगातार वही हड़कंप। कहीं तो देखा है इस या इस जैसी, याद क्यों नहीं आ रहा? उफ! कैसी बेकली है! सिर्फ कुछ ही दिनों पहले तो अरे हाँ ठीक, पिछले हफ्ते लाइब्रेरी में स्वामी रामकृष्ण पर एक बुक पलटते हुए एक पृष्ठ पर हू-ब-हू ऐसी ही चेहरा! आधा सहमा, आधा हँसता सा, नन्ही अबोध बच्ची का। तसवीर के नीचे लिखा था, इस तसवीर को देखने के बाद स्वामीजी भक्ति-विह्वल समाधि में चले गए थे।

यानी? तुझसे भी मेरी पहचान कुछ कम पुरानी नहीं!

'हाऽऽय आंटी!' टीना अंदर आती है। गोद में तीन साल का बच्चा लिये। नजर पड़ते ही उसे सख्ती से मना करती है—'बाबा की नाक में डस्ट जाएगी न।'

मैं मुसकराकर टीना से कहती हूँ कि बारह साल पहले जब मैंने टीना को देखा था न तो वह बिलकुल इस छोटी लड़की जित्ती।

तत्क्षण मैंने अपनी गलती महसूसी। माँ-बेटी दोनों को कहीं नागवार सा गुजरा। उपमाएँ और भी तो हो सकती हैं, फिर भी शिष्टाचार का तकाजा। कुशल अभिनेत्री की तरह एक फीकी हँसी हँसकर दोनों टल गईं और ज्यादा चीजें डिस्कस करने लगीं—

'डस्टिंग तक नहीं की थी इसने? क्या करती रही सुबह से अब तक?'

माँ संतुष्ट हो ली।

'और शक्ल तो देखो।'

'नीट तो यह कभी दिखती ही नहीं।'

शायद उन्होंने उसके रूखे बालों में बँधे रिबन पर ठहरी मेरी दृष्टि भाँप ली थी।

माँ के प्रति सहानुभूति दिखाती टीना ने उसे सख्त हिदायत दी—'कल से दोपहर तक बाल काढ़ लिया कर। बाबा के साथ खेलती है न! साफ-सुथरी रहा कर। जा, फौरन बालों में क्लिपें डाल के आ!'

वह झट दौड़ गई।

मुझे याद आया। उनकी तबीयत के बारे में तो पूछा ही नहीं। न हजारों-हजार के खर्चीले चेकअप के बारे में; जिसके लिए वे इस शहर में अपने एक रिश्तेदार के खाली फ्लैट में रह रही हैं।

'क्या कह रहे हैं यहाँ के डॉक्टर्स?'

'वही, जो अपने शहर के डॉक्टरों ने कहा था कि अंदेशा तो जरा भी नहीं; पर हमने सोचा, सबसे बड़े शहर के सबसे बड़े डॉक्टर की भी राय ले लें।'

'कब तक चलेगा… ?'

'कायदे से एक-एक महीने बाद फिर आना था तो हमने सोचा, इकट्ठे यहीं रह लें। टीना के पापा भी इधर ही टूरिंग करते रहेंगे।'

टीना बच्चे के सामने खिलौने के टोकरे से एक-एक खिलौना निकालने लगी। बच्चा फौरन गोद से फिसलकर खिलौने, रंग-बिरंगे ब्लॉक्स यहाँ-वहाँ फेंकने लगा, ठुन्नक-ठुन्नक हँसते-इतराते, माँ-नानी की चुन्नियों में मुँह छुपा-छुपाकर झाँकते हुए।

वह क्लिपें डाल आई थी। भूरे सुनहरे बालों में पीली क्लिपें। बच्चों की किताबों में बनी नन्ही शहजादियों सी।

बाबा का खिलौने उठा-उठाकर फेंकना देख हम सबके साथ चुप से हँस दी।

टीना का चेहरा चौखट सा कसा-

'जब बाबा खुद खेल रहा है तो तू खड़ी-खड़ी क्या कर रही है। ट्रे ही उठाकर वापस रख आ!'

वह सहमकर चुप हो ली। फिर ट्रे उठाकर चल दी।

तब तक टीना को चाय की तलब लगी।

'चलो हम भी लिये लेते हैं।'

माँ का भी दिल हो आया। पिछली बार के कट-गिलासों की जगह इस बार बोन चाइना के खूबसूरत प्यालों का टेंशन। अजीब आलम है, मेहमान के सामने कट-गिलास और बोन चाइना न जाएँ तो टेंशन और जाएँ तो···

वह ट्रे रख खड़ी ही हुई थी कि टीना का ध्यान बाबा द्वारा चारों तरफ फेंके खिलौनों पर गया—'अरे! तू चुपचाप खड़ी देख रही है और बाबा पूरे कमरे में खिलौने बिखेर रहा है, जरा समेट नहीं सकती?'

वह तत्परता से बढ़ी; लेकिन एक-दो ब्लॉक समेटे ही थे कि बच्चे ने अपनी तोतली बोली में हड़ककर डाँटा—'तुली! दोंत (डोंट) दोंत तुली···।

माँ-बेटी मगन। जिंदादिल खिलखिलाहटों से पूरा कमरा गूँज उठा।

उसने सहमकर तीनों की ओर देखा, क्या करे? फिर उस ब्लॉक को छोड़ दूसरे खिलौनों की ओर बढ़ी। पर बच्चे ने लपककर वह खिलौना भी उसके हाथ से झपट लिया और ज्यादा जोर से डपटा—'नो, तुली—नो···'

माँ-बेटी वापस निहाल। पर 'वह' बेबस। खिलौने समेटे या नहीं? उसने निरीह भाव से माँ-बेटी की तरफ दृष्टि उठाई; लेकिन उधर से कोई निर्देश नहीं। दुबली सफेद हथेलियाँ सहमे पसोपेश में। डरते-डरते उसने दुबारा कोशिश की ही थी कि बच्चा भरपूर गुस्से से चीखता उसपर झपटा और पूरे जोर से उसके बालों में फँसी क्लिपें अपनी नन्ही मुट्ठियों में भर खींचने लगा -

क्लिपों में फँसे खिंचते बालों के बीच उसने तरतराई आँखों से तीनों की ओर देखा।

अचानक उन्हें होश आया। टीना इत्मीनान से उठी—'नो रुबीन, गंदी बात बेटे। गंदे बाल नहीं छूते।' फिर उसने झिड़का—'जब बाबा मना कर रहा था

तो क्यों तंग कर रही थी उसे? ऐं? बाद में नहीं उठा सकती थी खिलौने? तू भी कुछ कम थोड़ी है, जा उठ, उधर डिनर की टेबल ही लगा। बाबा को गुस्सा मत दिला।'

वह तत्परता से टेबल पर प्लेटें, गिलास, कटोरियाँ सजाने लगी।

उनकी आँखें चुस्त, बल्कि हिंस्र तरीके से टेबल के चारों तरफ मँडराती रहीं—कहीं वह एक-आधा लम्हे की चोरी या सुस्ती तो नहीं कर रही। शायद इसीलिए खुलकर, इत्मीनान से सिलसिलेवार मुझसे बात भी नहीं कर पा रही थीं बेचारी। एकाध वाक्य, दो-चार उठाईगीर से शब्द कि तब तक टेबल लग गई। तो खड़ी क्या है? प्याज ही काट ले। अदरक घिस ले, धनिया कतर ले। खीरे का रायता तैयार कर ले, सलाद तो काट सकती है? पर सलाद का भुरता न बना देना।

टीना फिर दिखी। माँ ने मीठी नीम का छौंका सा लगाया—'आज तो शायद इनकी वजह से बड़े जतन से टेबल सजाई इसने।'

'फिर तो मैटे जरूर उलटी लगी होंगी?'

दोनों ने समवेत ठहाका लगाया और मेरे न हँस पाने पर हैरत से देखने लगीं।

आटा हो गया? कुकर चढ़ा, तेल डाल दे? जैसे डालती है। जीरा और कटे प्याज भी।

'खाना बना लेती है?' मेरे प्रश्न में सहज जिज्ञासा थी।

उन्होंने उसी वितृष्णा से लिहाड़ी ली—

'अब तक के रंग-ढंग से आपको क्या लगता है? अजी, किसी तरह हाँके लगा-लगाकर काम निकालना है।'

'पिसे मसाले डाल दे, तुली।'

'तुली? तुली नाम है?'

'हंजी, जैसा बेढंगा काम, वैसा ही बेढंगा नाम। कहती है, इसकी माँ के बच्चे बचते ही नहीं थे। इसलिए टोटके के तौर पर धुनके तराजू के तुला के इसे बेच दिया।'

'खैर, टोटका काम तो आया—' मैं हँसी, 'बच गई यह!'

'हाँ, लेकिन माँ खुद मर गई!'

अरे! स्तब्ध थी मैं।

'पूछिए क्यों? क्योंकि इसकी माँ को टोटकेवाली तरकीब नहीं आती रही होगी, ना तो माँ मर गई।'

वापस दोनों माँ-बेटी अपने ताजातरीन जोक पर पूरी जिंदादिली से हँस पड़ीं—'और यह हमारे गले पड़ गई!'

सलाद की प्लेट लाती वह अपनी माँ का जिक्र सुनकर ठिठकी। मेरा समूचा वजूद लड़खड़ाकर ध्वस्त-पस्त सा हो उठा। सहना आसान नहीं था उसकी कातर दृष्टि को! शायद अपने हो पाने की शर्मिंदगी से। मेरी आँखें बहुत नीचे तक झुकी थीं।

वह किसी साज मिलाने की तरह चुपचाप एक के बाद एक काम निपटाती रही। कड़ाही, भगोने और पतीले सँभालते नन्हे दुबले हाथ अधउठंगे किचन के दरवाजों के बीच से झलक जाते।

'तो इस नए शहर की देन है यह?'

'तोबा करो। इस नए शहर की होती तो मैं कब की पल्ला झाड़ चुकी होती।'

'ये तो मेरठ से आते वक्त इसकी चाची मेरे मत्थे डाल गई!' फिर जरा पास सरक के—'असल में वो अपने जापे के लिए मायके जाना चाहती थी। इसे ले जाती तो एक और भूखे पेट का भार अपने मायकेवालों पर डालती, सो वह चाहती नहीं थी। जापा सँभालने को उसकी खुद की माँ-बहन होंगी ही होंगी। यू नो दीज पीपुल, बड़े कैलकुलेटिव होते हैं ये!'

अचानक मुझे याद आया—'लेकिन इसका बाप…'

'अरे, आपको बताया नहीं? माँ पहले ही नहीं, बाप दंगों में तमाम…'

मेरे सामने की सारी चीजें एक भूचाल की तरफ लड़खड़ा गईं; लेकिन ठीक सामने किचन में उसने शोरबे से भरा पतीला अपने दुबले हाथों में एक पूरी नाशुक्री दुनिया की तरह थाम रखा था।

उनकी आपबीती जारी थी—'अब चाची को तो बला टालनी थी। मुझसे बोली, आप चाहो तो एकाध महीने को रख लो,. चाहो तो हमेशा…'

'हमेशा?' मैं किसी दहशत से सिहर गई।

उन्होंने इसे अपने प्रति सहानुभूति का प्रदर्शन माना।

'समझ गईं न आप मेरी मुसीबत! अब्ब ये जो हमेशा मेरे साथ रही तो

जानिए कि मैं तो दुनिया से ही हमेशा के लिए…'

और उन्होंने अपने उसी विशिष्ट ठट्ठेबाज अंदाज में ठहाका लगाया।

विमूढ़ धृष्टता के बीच मैं क्या कहूँ, अचानक उन्हें छेड़ बैठी—'आप ज्यादा परेशान हों तो मैं लेती जाऊँ इसे?'

उनके ठहाके में जैसे कोई बेआवाज बम फटा हो। एक मटमैली, गुबार से भरी हवा भर गई चारों तरफ, फिर एकदम, सँभाल लिया उन्होंने अपने आपको—

'आप? अजी आप तो एक हफ्ते न रख पाएँगी, शर्त रखती हूँ। यह तो मेरा ही कलेजा है, टीना जानती है…दिन-रात देखती है'

उनका डायलॉग इससे बहुत लंबा खिंचा। सारांश में वह उनकी अब तक की सब्रोगम की दास्तान का पुनःप्रसारण था।

तब तक दाल छुक गई। हम साथ-साथ खाने बैठे। मेरे उस एक वाक्य की गुमनाम तिलमिलाहट उनके चेहरे की बाकी झुँझलाहटों में बाकायदा शामिल हो गई थी। उधर ठीक मेरी सीट के सामने, किचन में वह जल्दी-जल्दी रोटियाँ बेलती, गैस पर फुलाती और लगभग दौड़ती हुई, प्लेट में फूला हुआ फुलका लिये हाजिर हो जाती।

उन्होंने 'बस' बोला—'अब नहीं बनाना, हम चावल लेंगे।'

लेकिन तब तक आखिरी फुलका वह तवे पर डाल चुकी थी और उसे बड़े यत्न से फुलाकर तश्तरी में पकड़े आ खड़ी हुई थी।

शायद उनके अंदर की वह तिलमिलाहट बाहर आने का कोई जरिया चाहती थी—'तुझसे 'बस' बोला था न?' बरसी थीं वे।

वह लम्हे भर को खड़ी रही। अचानक पलकें उठाकर मेरी तरफ देखा और भरपूर विश्वास की आश्वस्ति लिये ऐन मेरी बगल में आ खड़ी हुई।

अनायास मैंने अपनी प्लेट बढ़ाते हुए खुद को कहते हुए सुना—

'दरअसल, मुझे चाहिए था एक फुलका।'

और एक सौगात की तरह वह फुलका मेरी उँगलियों के बीच था।

इसके साथ ही मैंने यह भी महसूसा कि अपनी इस जिंदगी के बाद भी, कम-से-कम अगली एक पूरी पीढ़ी तक मैं दो मासूम उपकृत आँखों में सहेज ली गई हूँ।

करीब आधे घंटे और रुकी रही, फिर उठी। आने लगी तो किचन की मोरी पर बरतन समेटती फिर दिखी वह। जूठन से सने हाथ जुड़े, फिर वापस पतीलों में। दरवाजे पर वे सेंटीमेंटल हो आईं।

'सच, बड़ा अच्छा लगा···आती रहना।'

'मुझे भी···' मैंने मुग्ध भाव से किचन की मोरी की तरफ देखते हुए कहा—

'आऊँगी कैसे नहीं! वादा रहा।'

□

उजास

उतरी शाम, अपनी बेहद सँकरी सी बॉलकनी में चाय की खाली प्याली थामे खड़ी थी मारिया।

सामने दूर, बस्ती पार, मलबे में तब्दील हुई झोंपड़ियों के सन्नाटे में सूरज डूब रहा था।

इस शहर का सूरज डूबता है यहाँ!

उगता कहाँ है, उसे नहीं मालूम।

मारिया सिर्फ थकी और उदास नहीं थी। एक झुँझलाहट भरी बेचैनी तारी थी उसपर…बेवजह। बिना बात।

आज तो माँ ने सालन में रसा पतला होने की शिकायत भी नहीं की थी, न पिता ने दाढ़ों के दर्द का रोना रोया था! उन दोनों के लिए सुबह-सुबह गरम पानी का पतीला गुसलखाने में पहुँचाते हुए दूध भी नहीं उफना था। न नाश्ते के समय केतली से चाय छानते हुए टोस्ट जले थे। और तो और, भागते हुए ही सही, स्टॉप पर टाइम से बस भी मिल गई थी।

तब भी—

मारिया को साफ-साफ लगता है कि आस-पास गुजरती सारी जिंदादिल जिंदगियाँ उसे देखते ही कतराकर एक तरफ से बच निकलना चाहती हैं। जिंदगी को उससे कोई सरोकार ही नहीं।

जैसे अब इस वक्त ही—

अगर मारिया इस सँकरी बॉलकनी से अंदर अपने कमरे में जाए तो एक

तरफ बूढ़े पिता मुँह में लौंग के तेल का फाहा रखे, दोनों हथेलियों पर झूलती गरदन टिकाए ऊँघते रहेंगे, दूसरी चौकी पर बैठी माँ गठिए से अकड़ी अपनी कलाइयाँ बड़े एहतियात से सेंकती रहेंगी।

इसलिए वह जितनी भी देर बन पड़ता है, इस सँकरी बॉलकनी में चाय का कप लिए काट देती है।

सारे दिन की अस्पताली ड्यूटी के बाद ये उसके अपने इत्मीनान और आराम के क्षण होते हैं। वरना माथे पर कलफ लगी सफेद कैप और एप्रन से लैस, सीरिंज, बोतलें, दवाइयाँ और टेंपरेचर चार्ट लिये इस वार्ड से उस वार्ड भागते रहना। काँखते, कराहते मरीजों के मुँह खोल-खोलकर थर्मामीटर डालना, निकालना, चार्ट पर नोट करना और राउंड पर आए डॉक्टरों के पीछे-पीछे केस-हिस्ट्री लिये ताबेदारी बजाते जाना।

नॉर्मल ड्यूटी ही साँस लेने की इजाजत नहीं देती। फिर आजकल दंगों के ढाए कहर के बाद तो नजारा ही कुछ और। उखड़ा, पखड़ा, अधजले टोकरे सा शहर।

मलबों से उठते धुएँ के बीच डरी, सहमी, उजड़ी बस्तियाँ।

आउटडोर में लगातार एंबुलेंसों, स्ट्रेचरों और प्राइवेट गाड़ियों से उतार-उतारकर लाए जाते घायलों की कतार। एक बदहवास अफरा-तफरी और सनसनी; पानी, डिटॉल और मरहम-पट्टियों से भरी ट्रे लिये दौड़ते-दौड़ते थकान से लस्त हुआ शरीर, दिमाग।

क्रमशः रोने-धोने और छटपटाती कराहों की भयावहता बेअसर होती जाती है। इन सबके ऊपर हावी होता जाता है सिर्फ एक सपाट, यांत्रिक माहौल।

यहाँ तक कि कभी-कभी टटोली जाती नब्ज के एकदम से गायब हो जाने पर खींच दी गई चादर भी एक राहत सी दे जाती है, मारिया दहल जाती है, खुद अपने आप में आए इस सर्द, सख्त बदलाव पर। ठीक दंगों में उधड़े इस शहर की तरह उदास, मनहूस और बदमजा।

क्या वह जानती नहीं?

पूरा अस्पताल उसे एक रूखी, चिड़चिड़ी नर्स के रूप में जानता है। मरीज, घायल उससे अपना दुःख-दर्द कहते हुए सहमते हैं। साथ ही नर्सें खटमीठी आपसदारी भरी बातें उससे कभी नहीं बाँटतीं। डॉक्टर उससे सिर्फ

जरूरत भर की जानकारी लेते और हिदायत देते हैं, बस। जबकि बाकी नर्सों से मौका निकालकर, हँसी-ठहाके, नोक-झोंक और जोक्स भी।

नहीं···मारिया जैसे अपने आपको दबोचकर फटकारती है—उसे खुद ही कहाँ पसंद है यह सब 'चीप स्टफ!' बेशक न फटके उसके आस-पास कोई उसकी बला से। मारिया सिर्फ अपने काम से काम रखना चाहती है। ड्यूटी पूरी मुस्तैदी से बजाती है। कभी छुट्टी नहीं लेती।

इसीलिए तो न चाहते हुए भी अस्पताल को उसकी जरूरत है। दूसरी नर्सों के माँ-बाप हैं, बहन-भाई हैं, पति-परिवार और नाते-रिश्ते हैं; जहाँ कभी जन्मदिन मनाते हैं, कभी सगाइयों की अँगूठियाँ बदली जाती हैं, कभी शादियाँ, कभी बच्चे···

मारिया इन सारे झंझटों से पूरी तरह मुक्त है। रहा पिता की दाढ़ों का दर्द और माँ का गठिया, तो यह सब पिछले कितने सालों से एकरस। सही देखभाल की वजह से दोनों की तकलीफें बढ़ने नहीं पातीं और बढ़ती उम्र की वजह से घटने का सवाल ही नहीं। एक को थोड़ा ऊँच-नीच हुआ तो दूसरा सँभालता है, क्योंकि मारिया को छुट्टी लेकर घर बैठने से सख्त नफरत है। उसे अपने एप्रन और कैप में एक सुकून, एक सुरक्षा सी मिलती है। सुरक्षा कवच···मारिया ने हँसने की कोशिश की।

कब हँसी थी मारिया आखिरी बार? कितना झल्ला देनेवाला सवाल है। हाँ, उसे बेवजह हँसने से सख्त चिढ़ है। बात-बात में बेवजह रोने से भी।

'क्योंकि बेवजह हँसने और रो पड़ने की भी एक खास उम्र हुआ करती है और वह उम्र तुम्हारी मुट्ठी से रेत सी सरक चुकी है मारिया।'

'हाँ जानती हूँ, क्योंकि मैं बदसूरत भी हूँ।'

'नहीं, यह सच नहीं है, सच नहीं है मारिया। तुम उम्र के उस दौर से गुजरी तो थीं। वह मोड़ जिसपर हर लड़की बदसूरत रह ही नहीं जाती। उसके चारों ओर बहती हवा, रोशनी, फूल-पत्ते, धूप-बारिश, मैदान पारवाला चर्च और उसकी अधफूटी सीढ़ियाँ तक।'

मारिया के अंदर हलचलों का एक तूफान सा उठता है, लेकिन वह पूरी मजबूती से अपने आपको थाम लेती है? उसे गुजरे बहुत साल हो चुके हैं। उसके लिए वे सारी बातें बेतुकी और बेमानी हो चुकी हैं। मारिया अब हर

चीज में मकसद, तुक और वजह तलाशने लगती है।

जैसे बेशऊरों की तरह बेवजह हँसते-खिलखिलाते जाने का भी कोई तुक है? जन्मदिन मनाने का भी कोई सेंस हुआ? (जबकि इस दिन तुम्हारी जिंदगी और मौत का फासला पूरे एक साल और कम रह जाता है।) अँगूठी बदल लेने से क्या हो जाता है, सिली!

और ऐसी वजनदार बातें रखते हुए सफेद एप्रन की सलवटें ठीक करती हुई वह अपने आपको तमाम हास्यास्पद चीजों से ऊपर उठाकर ले जाने की राहत से भर जाती है।

मरीजों, घायलों के भी बेवजह कराहते, पुकारते चले जाने पर वह बुरी तरह बरस पड़ती है···शटअप, क्या सिस्टर-सिस्टर लगा रखी है? ऐ? सिस्टर बोला था, तुम्हारे को सोडावाटर की बाटली लेकर दौड़ने को? दादा लोगों के बहकावे में आकर, जुनून में होश-हवास खोकर भीड़ पर टूट पड़ने को। अपना फूलिशनेस से अपना लाइफ भी जोखम में डालता और फिर हॉस्पिटल में आकर सिस्टर, डॉक्टर के नाक में दम करता—नॉनसेंस; मरीज झड़प खाकर चुप हो जाते। मारिया के लिए ये क्षण चरम उपलब्धि के होते। एप्रन की सलवटें ठीक करती वह अपने आपको संतुष्ट, सुखी महसूस कर लेती।

लेकिन इस नएवाले वार्ड नंबर सात की ड्यूटी में उसका यह एकमात्र सुख छिन गया है। कैजुअल्टी वार्डों की चीख-पुकार और हायतौबा के विपरीत यहाँ एक-दो को छोड़कर करीब-करीब सारे ही मरीज दंगों के दौरान किसी-न-किसी हादसे या सदमे के शिकार। कुछ पूरी तरह बेहोश, कुछ नीम बेहोशी से गुजरते हुए। अधमुँदी आँखों में अर्धविक्षिप्त, तड़फड़ाहट भरी बेचैनी। या फिर गुम हुए रिश्तों और पहचानों की याद में एक दर्दनाक चुप्पी भर। समूचा वार्ड एक मनहूस सन्नाटे की गिरफ्त में।

मारिया चाहे भी तो किसी पर झुँझलाकर बरस नहीं सकती। आवाज तक ऊँची करने का सवाल नहीं।

मारिया का दम घुटता, अंदर की नसों पर एक दबाव सा महसूस होता, खासकर जब वह बेड नंबर पाँच पर पड़ी उस छोटी सी नन्ही बच्ची को देखती। अर्धविक्षिप्त सी वह बच्ची अकसर अपनी दुबली बाँहें फैला बेड पर कुछ टकटोरती सी बुदबुदा उठती···उसकी क्षीण, निरीह, जैसे किसी बहुत

गहरे कुएँ से आती आवाज के कुछ शब्द अब समझ में आने लगे थे—'माँ, क्या दंगे खत्म हो गए, मैं बाहर आऊँ?'

हर बार ऐसा कुछ सुनने पर मारिया पास जाती। बच्ची के सिर पर हाथ फेरती। कंधे थपथपाती और वापस अपनी बेंच पर लौट आती। कमोबेश यही स्थिति बाकी पड़े मरीजों की भी। सबकुछ खामोश, निस्पंद। पूरी तरह प्रतिक्रियाविहीन। पूरे वार्ड में केवल कुछ अस्पष्ट, असंतुलित बुदबुदाहट और संपूर्ण निष्क्रियता के बीच मारिया के सैंडलों की खट-खट···यानी घर से भी बदतर।

इस वार्ड में प्राथमिक चिकित्सा की ट्रे, सीरिंज और खून की बोतलें लेकर दौड़े बिना ही मारिया थककर लस्त और निढाल हो जाती तथा घर पहुँचने पर माँ कुछ ठीक-ठाक बोलती तो भी उसे नागवार गुजरता।

जैसे—'आज तूने रोटियाँ नरम सेंकी थीं। हम बिना शोरबे में भिगोए भी खा ले गए।'

चिढ़ने के साथ ही चौकन्नी हो आई मारिया। यह भूमिका है। माँ को जरूर आज कुछ चाहिए; जैसे—अगले कुछ लम्हों में ही कुछ मिन्नत भरे शब्दों के बीच वह मारिया से पूछना और जानना चाहेंगी कि क्या वह अगली शाम अपने बूढ़े बाप और अपंग माँ को चर्च ले जा सकेगी?

(मारिया की अधिक-से-अधिक सहानुभूति अर्जित करने के उद्देश्य से माँ हमेशा 'बाप' के साथ बूढ़े और माँ के साथ अपंग का विशेषण जरूर जोड़ती है।)

लेकिन मारिया है कि माँ की इस दयनीय चापलूसी भरी कोशिश पर बुरी तरह झुँझला उठती है, क्योंकि माँ अच्छी तरह जानती है, मारिया इस तिकोने मैदान के पारवाले चर्च में हरगिज और कभी भी उसे नहीं ले जाना चाहती। अगर हर हालत में जाना ही है तो वह उन्हें सिविल लाइंसवाले चर्च में ले जाएगी। दूर है तो क्या, वह दस रुपए किराए का ऑटोरिक्शा कर लेगी।

लेकिन माँ को ऑटोरिक्शा के वे दस रुपए बहुत खलते हैं। वे मारिया को पैसे बचाने की तरकीबें और नसीहतें देते हुए समझाने लगती हैं कि अब उसे अपने बुढ़ापे की भी फिक्र करनी चाहिए।

उसके भविष्य के लिए इतनी स्थूल और बेढंगे तरीके से चिंता व्यक्त

करती माँ उसे एक औरत से भी भोथरी औरत लगती है, जिसे इतना भी शऊर नहीं कि कम-से-कम अभी कुछ सालों तो वह बेटी के सामने उसके बुढ़ापे का जिक्र न करे।

मारिया चोट खाई हैरान आँखों से माँ की ओर देखती हुई सोचती है—क्या माँ को सचगुच नहीं मालूम कि मारिया क्यों मैदान पारवाले चर्च में नहीं जाना चाहती ? क्या वह सचमुच अपनी बेटी के अंदर घटित होनेवाले घटनाचक्रों से इतनी अनजान, इतनी बेखबर है ? उसे नहीं मालूम कि उसी चर्च की तीसरी बेंच से मारिया ने पहली बार ईवान को अपनी तरफ देखते हुए महसूस किया था और अचानक ही वह अपने आपको खूबसूरत होती लगी थी। उसने यह भी महसूस किया था कि बहुत हलके से सकुचाती उसकी पलकें ऊपर उठ ही नहीं पा रही हैं और यह सब ईवान को अच्छा लग रहा है। तब से उसकी साँवली, पतली कलाइयों में सस्ती, लाख की चूड़ियाँ भी फबने लगी थीं और उसके चेहरे पर एक इंद्रधनुष सा खिल आया था।

उन दिनों उसका समूचा वजूद किसी चुंबक की सी गिरफ्त में रहता और उसकी बेहद लस्त-पस्त, मशीनी और एकरस दिनचर्या के चारों तरफ रंग-बिरंगी तितलियाँ सी मँडराती रहतीं।

चर्च की सीढ़ियों पर, दीवारों पर, अगवाड़े, पिछवाड़े जाने कितने किशोर-युवा जोड़ों ने एक-दूसरे के नाम खँचाए थे; लेकिन पिछवाड़ेवाले अमलतास के तने पर ईवान ने उसका नाम जैसे उकेरा था, वह उसे सारे चालू तरीकों से अलग लगा था। और एकांत में चर्च की पिछली सीढ़ियों पर जो वादे ईवान ने सौंपे थे उसे, उन्हें मारिया जीवन की सबसे अनूठी और मूल्यवान् सौगात मान बैठी थी।

लेकिन आश्चर्य! दिन-पर-दिन, साल-दर-साल बीतते चले गए, ईवान लौटा ही नहीं।

मारिया की झुकी रहनेवाली शरमीली आँखें अब फड़फड़ाकर हर जगह ईवान को तलाशती फिरतीं। वह बिला नागा मैदान पारवाले चर्च जाती और प्रार्थना के बाद भागकर चुपचाप, अगवाड़े, पिछवाड़े, सीढ़ियाँ और खेमों के चक्कर मार आया करती, जैसे—ईवान वहीं कहीं छुपा बैठा हो। फिर अमलतास के तने पर उकेरे अपने नाम को घूरती और वापस लौट आती। धीरे-धीरे उसके

चेहरे पर खिला इंद्रधनुष मिटता चला गया। दिनचर्या के साथ-साथ मँडराती तितलियाँ उड़ गईं। खामोश होंठ और भावहीन आँखें सिर्फ काम से काम का वास्ता रखने लगीं।

नहीं, वह हरगिज नहीं जाएगी अब मैदान पारवाले उस चर्च में।

वह तो अपनी खूँखार वहशियत में कई बार यहाँ तक सोच गई है कि क्यों नहीं कभी एक तेज आँधी आती, अमलतास का वह तना उखड़ जाता और आल्टर सहित पूरा-का-पूरा चर्च मलबे की शक्ल में ढह जाता।

लेकिन माँ ने मारिया की सख्त सपाट 'ना' सुनते ही अपनी गठिए से मुड़ी हथेलियाँ देख-देखकर बिसूरना शुरू कर दिया था, जिसका अर्थ था कि आखिर अपने बूढ़े माँ-बाप का दुःख-दर्द मारिया क्यों नहीं समझती? अगर समझती होती तो इस कदर झुँझलाई और चिड़चिड़ाई हुई हमेशा क्यों रहती?

क्या बुढ़ापे में पाई इकलौती संतान (वह भी पिता को तो दूसरी शादी के बाद पैदा हुई) माता-पिता की उम्मीदों पर इसी तरह पानी फेरा करती है?

कि उन दोनों ने तो 'बेटी' के पैदा होने का गम भी नहीं मनाया। उलटे यही सोचा कि बेटी तो बेटों से भी बढ़कर सहारा होती है इस जमाने में।

तब इतनी उम्मीद से पाल-पोसकर बड़ी कर दिए जाने के बाद अगर वह अपने माँ-बाप के लिए गुसलखाने में गरम पानी के पतीले रख देती है, मच्छरदानियाँ लगा और समेट देती है तथा रोटी-सालन बनाकर ढाँक जाती है तो कौन सा बड़ा अहसान करती है?

औलाद भी कभी अपने माँ-बाप के ऋण से उऋण हो सकती है? इसलिए अगर वे उम्मीद करते हैं कि मारिया बगैर ज्यादा पैसा खर्च किए उन्हें पासवाले चर्च में ही ले जाए तो क्या यह उनकी ज्यादती है?

वे बूढ़े हैं। ऊपर से शारीरिक व्याधि उन पर हावी है। इसलिए कराहते हैं। जाहिर है कि जब कोई घर में होगा, जैसे—मारिया, तो अपना दुःख जताने और बाँटने की गरज से आदमी ज्यादा कराहेगा ही।

लेकिन तब वह उनका दुःख बाँटने के बदले, खिंचा चेहरा और काली चाय का कप लिये सूखे गमलों से अंटी बॉलकनी में चली जाती है।

जैसे इस वक्त!

डूबते सूरज को देखती मारिया सोचती है—

शायद वह इधर ज्यादा ही बदमिजाज हो गई है।

लेकिन उसे बदमिजाज किसने बनाया? बदसूरती ने उसे बदमिजाज बनाया है या बदमिजाजी ने बदसूरत?

लेकिन ईवान तो कहता था कि वह खूबसूरत (लगती) है!

और जितने दिनों ईवान था, वह बदसूरत भी नहीं थी, बदमिजाज भी नहीं।

तब क्या ईवान की बेवफाई ने उसे बदसूरत बनाया? या कि बूढ़े माँ-बाप की निरंतर निरुपाय होती स्थिति ने? या कि खुद उसकी बढ़ती उम्र ने?

वह एक-एक कर अपने साथ की नर्सों को सोचती चली गई। डायना के माँ-बाप भी काफी बूढ़े और रोगी हैं; पर उसकी किशोरवय बेटी उन्हें काफी सँभाल लेती है। फातिमा का पति सट्टेबाज है; लेकिन उसका बेटा पढ़ाई में इतना तेज कि अभी से वजीफे पाता है। जया के बच्चे को पोलियो है; लेकिन उसका पति बेहद नेक।

उसकी हमउम्र ज्यादा से ज्यादातर नर्सों की शादियाँ हो चुकी हैं या फिर जो युवा हैं उनकी होने वाली हैं। किसी का किसी से कुछ चल रहा है, किसी का चल चुका।

सबकी अपनी-अपनी ढेरम-ढेर रोती-हँसती, बिसूरती व्यस्तताएँ और टंटे। राग-रहस्य भरी खुसफुसाहटें भी। लेकिन मारिया इन सारे टंटों से कटी-छँटी, अलग-थलग।

कभी-कभार किसी की खुशी या गमी में गई भी तो उसे लगने लगा कि वह अब न किसी की खुशी बाँट सकती है, न गम। माहौल पर लगी एक बदरंग थिगली···

नहीं, हरगिज नहीं—अचानक मारिया ने खुद को झकझोरकर डाँटा और चाय का आखिरी घूँट सुड़क बाथरूम की तरफ चली गई।

सुबह अस्पताल के लिए तैयार होते वक्त माँ फिर जिरह पर उतर आई थी। बात कुछ खास नहीं। वही मैदान, पारवाले चर्च में चले चलने के फायदे, दलीलें।

अचानक, अपनी भरपूर संवेदना के साथ सफाई देती माँ यह भी जोड़ गई कि—

अब ईवान जो उसे छोड़कर चला गया तो इसमें उन बेचारों का क्या कसूर? उन दोनों ने तो अपनी तरफ से कभी कोई नाराजगी तक नहीं जताई। यह तो अपना-अपना नसीब है और क्या! लेकिन अब ईवान के पीछे कोई चर्च जाना भी छोड़ दे, यह तो हद के बाहर···

अवाक्, भौंचक मारिया, माँ को वैसा ही बोलता छोड़, दरवाजा भेड़ती सड़क पर निकल आई थी। लेकिन पूरे रास्ते, सिर से पैर तक सफेद यूनिफॉर्म से लैस होने के बावजूद वह अपने आपको पूरी तरह चिथड़े-चिथड़े उधड़ी हुई महसूस करती रही।

वार्ड में पहुँचकर सुबह कुछ सामान्य पाया। बच्ची की हालत आज रोज के मुकाबले ज्यादा सुधरी सी लगी। उसकी अधमुँदी आँखों में भी आज कुछ पहचानी आवाज और चेहरे के लिए एक बेचैन तड़फड़ाहट थी। वह आज और दिनों की अपेक्षा ज्यादा बेकली से बेड के दोनों तरफ अपने दुबले हाथ बढ़ा-बढ़ाकर टकटोरती हुई कह रही थी—ज्यादा स्पष्ट, लेकिन ज्यादा निरीह याचना भरी आवाज में—

माँ···क्या दंगे खत्म हो गए···माँ, क्या दंगेवाले चले गए···मुझे निकालो माँ!

डॉक्टरों की सख्त हिदायत कि बच्ची को किसी तरह का शॉक न लगने पाए, न उसे सही बात ही बताई जाए। बस समझाते, बहलाते रहा जाए। मारिया वही कर रही थी।

वरना सही बात सभी को मालूम थी कि लूट-पाट मचाते, बढ़ते आते दंगाइयों से बच्ची को बचाने का कोई उपाय न देख माँ-बाप ने घबराहट में उसे सीढ़ियों के पीछे तहखाने में छुपा दिया था और खुद पिछले दरवाजे से भाग निकलने की सोच ही रहे थे कि समूची बस्ती आततायियों से घिर गई थी। माँ-बाप, घर, सबकुछ मलबे में तब्दील हो गया था। बच्ची चार दिनों बाद मलबा हटाने के दौरान बेहोश पाई गई थी।

और अब वह सामान्य चेतना की ओर धीरे-धीरे बढ़ती हुई हर थोड़ी देर बाद आतंक से सहमी पुकार रही थी—

माँ, मुझे निकालो, माँ—मैं बाहर जाऊँगी—

मशीनी तरीके से पुचकारती मारिया हर थोड़ी देर बाद उसी तरह उसका

माथा, कंधा सहलाकर लौट आती।

लेकिन बच्ची की बेचैनी आज ज्यादा ही परेशान कर रही थी मारिया को। (या फिर सुबह-सुबह दी गई माँ की दलील।)

लगातार हर थोड़ी देर बाद बच्ची जवाब चाहती कि दंगे खत्म हो गए क्या—खत्म हो गए तो माँ उसे बाहर क्यों नहीं निकालती? माँ···माँ···एक-दो, दस-बारह, बीसियों बार—जैसे को आज जवाब पाना ही है। माँ! माँ-माँ!!

अचानक सबकुछ बरदाश्त के बाहर हो उठा। मारिया एक झौंके की तरह उठी और खुद को रोकते-न-रोकते उसके नन्हे कंधे झिंझोड़कर जगाती सी चीख उठी—

'मर गई तेरी माँ!'

कहने के साथ ही उत्तेजित काँपती मारिया ढह सी पड़ी बच्ची की दुबली देह पर और—

अरे-अरे···यह क्या देख रही है मारिया? क्या महसूस कर रही है, मारिया ने साफ देखा, साफ महसूसा—बच्ची मुसकरा उठी। उसकी अधमुँदी आँखों में एक जोत सी झलमलाई, बुझी नहीं, तैरती रही और उसने एक तृप्त मुसकान के साथ अपनी दुबली बाँहों से मारिया को पूरी तरह जकड़ लिया। चिपककर दुबक ली मारिया से, जैसे आखिरकार माँ ने उसे तहखाने से निकाला।

मारिया भौंचक थी। पूरी तरह अनजान भी। बच्ची की आँखों में तैरती रहस्यमयी तृप्ति से जैसे बच्ची के लगातार किसी एक ही चीज के लिए जिद मचाते और रटते रहने के बाद उसकी माँ ने झुँझलाकर हमेशा की तरह कहा हो 'मर गई तेरी माँ'।

और अब अपनी अधूरी चेतना की खौफनाक दहशत को परास्त करती वह मानो माँ की गोद में दुबकी पूर्ण सुरक्षित हो।

बहुत धीमे-धीमे मारिया के हाथ बच्ची का नन्हा माथा सहला रहे थे। उँगलियाँ उसके रूखे उलझे बालों में फिर रही थीं। मारिया की ये उँगलियाँ बहुत कोमल थीं। कड़ी और डडीली सी बिलकुल नहीं। उजास के एक जादुई स्पर्श से बाहर-भीतर का सबकुछ बेतरह खूबसूरत हो उठा था।

□

१०

कात्यायनी संवाद

रिक्शे से उतरकर मैंने सड़क पर खड़े होकर देखा।

उस इमारत में जैसे कोट-कंगूरे, खिड़की-झरोखे और मुँड़ेरें थीं ही नहीं। बस पत्थर की आड़ी-तिरछी पटियों को जोड़कर एक बदशक्ल हवेली जैसी शक्ल दे दी गई थी।

बटुए से पैसे निकालकर रिक्शेवाले को चुकाए और पीतल के काले पड़ गए फूलोंवाला दबीज, मोटा दरवाजा पूरा दम लगाकर ठेल दिया।

दरवाजा धीरे-धीरे खुलता गया, किसी आदिम गुफा की तरह। और अब एक सँकरे, बेडौल से आँगन के बीचोबीच खड़ी थी मैं।

उसने मुझे खुले आँगन के ऊपर से झाँककर देखा और खटाखट ऊँची-नीची सीढ़ियाँ उतरती मेरे पास दौड़ आई।

मेरा हाथ थामा और चुपचाप खड़ी रही। न हिचकी, न सिसकी, न हिलक-हिलककर रोई, बिसूरी ही।

उलटे मुझे ही दिलासा देती, थपकती रही। जैसे—मैं उसके पास नहीं, वही मेरे पास काले कोसों से मेरा दुःख बँटाने आई हो।

अचानक एक चिलकारती हुंकार सन्नाटे को तीखी धार सी आर-पार बेधती चली गई।

'आई…' कहकर उसने मेरी ओर देखा।

समझ गई थी मैं।

वह शीघ्रता से आवाज की दिशा में भाग ली, मुझे पीछे-पीछे आने का संकेत करती।

'देखो, कौन आया है···पहचान पाए? मेधा है न मेधा। कुछ याद आया?'

एक दयनीय सा उत्साह! भोली बच्ची की तरह वह जल्दी-से-जल्दी मुझे पहचनवा देने की खुशी लूट लेना चाहती थी।

लेकिन मेरे बारे में बताने की दुबारा कोशिश करते ही बिस्तर पर लेटी अपंग और रुग्ण काया जिस दरिंदगी से हुंकारी, उसका मतलब था, शटअप··· !

वह समझ गई। सँभल गई।

'हाँ बोलो, क्या चाहिए? तकिया ऊँचा कर दूँ? बार्ली बटर बना लाऊँ? जूस? पानी? बेट पैन?···' और कुछ समझ में न आने पर तकिया खिसकाने चली ही थी कि आवाज तिबारा और ज्यादा तीखेपन से चिचिआई।

मैं जानती हूँ, कात्या ज्यादा परेशान मेरे ऊपर लगातार पड़ते उस माहौल के दबाव को लेकर थी। इसलिए जल्दी-से-जल्दी, जी-जान से 'पता' करने पर तुली थी कि आखिर उसके पति को चाहिए क्या?

'समझ में नहीं आ रहा न! अच्छा देखो, मैं एक-एक चीज का नाम लेती हूँ—पानी, चाय, दूध, तौलिया, तकिया निकाल दूँ? चादर खींच दूँ? खिड़की खोल दूँ?···'

उसके पूछे जा रहे हर शब्द के साथ चिचिआहट और तेज, और खूँखार होती गई और—

अचानक वह समझी—'ओह! करवट बदलवानी है? अभी लो।'

और वह पूरी तत्परता से करवट बदलवाने लगी।

करवट बदलते-बदलते उस रुग्ण काया ने जलती हिंस्र दृष्टि कात्या पर टिकाए-टिकाए आँखें बंद कर लीं, जैसे कोई चिटकती हुई चिनगारी बुझी हो, और बदली करवट सो गई।

'बोल नहीं सकते न!'

बेबात ही सफाई पेश कर रही थी वह!

वरना मैं क्या देख नहीं रही थी कि बंद हुई जबान का जितना फायदा यह आदमी उठा रहा था, उतना शायद ही कभी किसी ने उठाया हो। जितनी भी तेज कोई जबान हो सकती थी, उससे कहीं ज्यादा तेजाबी भाषा उसकी आँखों की थी।

पगलाई सी मैं सोच रही थी, यह सब मेरे पूरे होशोहवास में ही घट रहा

है न! तब सांत्वना तो मुझे देनी चाहिए न कात्या को, लेकिन यहाँ उलटे वही मेरी हथेली थामे मुझे सहलाए जा रही है।

पति को करवट दिलाकर बिस्तर की तरफ एक राहत भरी दृष्टि डाल, वह मुझे कमरे से सटे बरामदे में लिये चलती है।

मेरे अंदर जो कुछ भी घटता जाता है, कात्या उसे जस-का-तस महसूस करती जाती है; जैसे अभी यही कि मैं उस इमारत में घुसने के साथ ही बुरी तरह थक और हाँफ गई हूँ।

'पहले तू सुस्ता तो ले···' और मुसकराकर वापस मुझे थपथपा बैठी है, 'फिर तेरी बातें सुनूँगी।'

लो, सुनो जरा! फिर सबकुछ उलटा-पुलटा। ये मेरी बातें सुनेगी! जैसे उसके नहीं, मेरे पास समूचे जीवन के नरमेध का इतिहास सुरक्षित हो। ऑरीजिनल मेनुस्क्रिप्ट!

चाय की दो प्यालियाँ सामने रखती वह मेरी फुफकारती उत्तेजना को बड़े यत्न से सँभाल रही थी—

'यह व्यक्ति बहुत असहाय है, हम सबको उसपर घृणा नहीं, दया आनी चाहिए।'

वाह! वाह!! क्या खूब!!! इस मसीहाई मुद्रा पर पागलों सी ठठाकर हँसूं? कि आ तो रही है तुम्हें पिछले पूरे अठारह सालों से!···क्या मिला तुम्हें!

कह पड़ने के साथ ही लज्जित हो, झुँझलाई भी; लेकिन अब मुँह से निकल गई बात का क्या करूँ!

लेकिन आश्चर्य! उसने मेरे उस ओछे से वाक्य को एक सुदृढ़ आधार की तरह इस्तेमाल कर, उसपर एक खूबसूरत इबारत लिख दी—

'मुझे किसी से कुछ चाहिए ही नहीं।'

मैं जानती हूँ, 'किसी' का मतलब क्या है।

मैं यह भी जानती हूँ कि उसके इस कथन में घनघोर भावुकता, आत्मदर्शन या किसी महत्त्वाकांक्षी आदर्शवाद की मिलावट जरा भी नहीं थी; बल्कि एक सीधी-सादी प्रकृतिदत्त निस्पृहता थी।

और फिर जिन स्थितियों और शर्तों के साथ वह जी रही थी, उसमें तो कोई भी बड़ी आसानी से कह सकता था कि कम-से-कम 'इस जैसे' व्यक्ति

से मुझे कुछ नहीं चाहिए।

लेकिन घृणा से उबलते मेरे मन को जैसे कात्या की स्थितियों के लिए उत्तरदायी व्यक्ति को धिक्कारे बगैर संतोष ही नहीं हो रहा था—

'हाँ, और क्या, वह क्या देने लायक था ही!'

लेकिन खुद से निकले इस धिक्कार से भी बदतर एक प्रति धिक्कार बलबला उठा था मेरे अंदर, पहलेवाले को खारिज करता।

'क्यों नहीं देने लायक था वह? उसके बचाव की पैरवी मत करो, उपहास और दुत्कार के माध्यम से भी।' (हालाँकि मैं और उसका बचाव?)

और मैं मन-ही-मन कात्या की ओर मुखातिब होती हूँ—'क्यों नहीं देने लायक था? सब कुछ दे सकता था वह तुम्हें, जो एक पुरुष एक स्त्री को दे सकता है। एक पति एक पत्नी को दे सकता है। एक व्यक्ति एक व्यक्ति को दे सकता है।'

कात्या ने भी सुन ली है मेरी बात। और वह भी मन-ही-मन मेरी ओर मुखातिब हुई है। यह इसलिए कि हमारे बोले और अबोले संवादों के बीच बहुत ज्यादा फर्क नहीं हुआ करता। हमारे साथ-साथ होने का मतलब ही दो प्रतिगामी संवादों का साथ-साथ चलना था—

'कहा तो तुमसे, मुझे मेरा चाहा वह व्यक्ति दे सकता ही नहीं था। न पुरुष के रूप में, न पति के रूप में, न व्यक्ति के रूप में।'

'तब, क्यों लगी हो पिछले अठारह सालों से इसके साथ?'

'क्योंकि इसे तो चाहिए था न! और मैं देने लायक थी।'

तुम किसी घनघोर छद्म के साए में गूटोपिया की पैंगें मार रही हो, कात्या! मेरी जगह कोई और होता तो इसे एक गढ़ा हुआ वाक्य समझता या फिर एक कुंठित भावावेग, फिर भी, तुम्हारी ही दलील मानूँ, तो भी—

'देना ही था तो किसी सुपात्र को देतीं!'

'सुपात्र के लिए देनेवालों की कहाँ कमी! देना तो उसे चाहिए न जिसे और कोई देनेवाला न हो।'

ऐसे घोर प्रलापी वाक्यों के माध्यम से वह मुझे सिर्फ बिरा और खिजा रही थी क्या?

प्लीज कात्या! यह सब सुनकर मेरे सामने तुम्हारी कोई महिमामयी,

आदमकद मूर्ति आकार नहीं ले पा रही, उलटे तुम्हें झिंझोड़कर कहना चाह रही हूँ कि देखो माई डियर! यह शरत्-साहित्य के जमाने का बासा, तिबासा, खारिज कर दिया गया मैटर है। अब इस घूरे पर से तो तुम कोई जीवन-दर्शन उठाओ मत। न रंपुलस्किंसनवाली उस अंग्रेजी बाल-कथा की तरह, कचरे-भूसे से सोने के तार बुनने की मंशा, दावा या चुनौती ही स्वीकारने का दंभ—

'न दावा, न चुनौती; पर प्रयोग और कोशिश तो हर कोई कर सकता है।'

'यह कोई नया प्रयोग नहीं है कात्या, न कोशिश ही। यह सदियों से चली आती एक लाचारी का नाम है; जिसे फर्ज, कर्तव्य और धर्म की आड़ में छुपाते आए हैं। कोई न्याय नहीं है कि सिर्फ पत्नी ही पति के लिए तिल-तिल कर मरती खत्म होती चली जाए!'

'पति-पत्नी की बात छोड़ो। तुमने थोड़ी देर पहले व्यक्ति की बात की न! दुनिया में हमेशा ऐसा होता है, कोई देता है, तभी तो कोई पाता है।'

'लेकिन यह कहाँ की रीत है कि सिर्फ एक व्यक्ति देता जाए और दूसरा उसे झपटता, समेटता जाए।'

'कहा न, जो देने लायक होगा, वही तो देगा। पुरुष, स्त्री एक-दूसरे को दे पाएँ या नहीं, पति-पत्नी भी एक-दूसरे के लिए कर पाएँ या नहीं; पर व्यक्ति को तो व्यक्ति को देना ही है, अगर दुनिया को…'

कुढ़ गई मैं—'तुमने सारी दुनिया बनाम मानवता का ठेका लिया है?'

'नहीं, फिलहाल इस 'एक व्यक्ति' का…'

'जिसने पिछले अठारह सालों से हर प्रत्यक्ष और अप्रत्यक्ष तरीके से तुम्हारा शोषण किया है।'

अचानक जैसे बहुत दूर, किसी सूने एकांत में चली गई कात्या! वहीं से बोली—

'क्या मालूम किसने किसका शोषण किया है, शायद मैंने ही इस व्यक्ति का किया हो!'

'क्या?' सीधमसीध आसमान से पाताल में गिरी थी मैं।

'जान-बूझकर न सही, अनजाने में तो हो सकता है।'

मेरा मस्तिष्क सारी संभावित दिशाओं में कलामंडियाँ खा रहा है, जैसे—रोलर कोस्टर पर चारों तरफ से झटके-पे-झटका।

'कात्या! कात्या! तुम सख्त तो नहीं हो रहीं इस असामान्य माहौल में दिन-रात।'

उसने मुझे फिर से एक शांत निर्वेद में डुबो दिया—

यह कोई तर्क नहीं है मेधा, सिर्फ मेरे सोच का एक पक्ष। इस व्यक्ति ने शुरू से देखा है कि लोग मुझे बहुत चाहते हैं। सभी आदर, मान और दुलार देते हैं। हमेशा से मुझे सीधी-सादी, भोली-भाली, छल-प्रपंचहीन माना जाता रहा है। हर कोई मेरे साथ आने, बैठने और बात करने का इच्छुक रहता है।

और ठीक विपरीत, यह सबकी नजरों में एक बद्‌दिमाग और बद्‌जुबान आदमी है। लोग इसके सामने पड़ने से कतराते हैं। सिर्फ गले पड़ने की खानापूरी निभाते हैं। अदब और आदर से नहीं, भय और आतंक से, इस बद्‌जुबान से डरकर सामने पड़ने पर रास्ता छोड़ देते हैं। अब नहीं, पहले भी इसके पास कोई फटकता तक नहीं था। यह व्यक्ति पूरी तरह अकेला है, मेधा।

'ही डिजर्व्ड इट,' मैं फुफकारी।

'बेशक! लेकिन क्या तुम नहीं सोचतीं कि मेरे देवतुल्यता और गुण-गरिमाशालिनी दर्प की वजह से यह लोगों की नजर में और गिरता चला गया। मैं अकसर सोचती हूँ मेधा, किन्हीं मर्मांतक क्षणों में इसका मन जरूर मुझसे मुक्त हो पाने के लिए छटपटाया होगा।'

'तो क्यों नहीं ले ली मुक्ति! शायद तुम्हारे लिए उससे बड़ी राहत, तुम्हारा उससे बड़ा हित कुछ दूसरा नहीं होता।'

उफ! कितनी प्रतिहिंस्र हो उठी थी मैं। कितनी खब्त और अमानवीय! शायद जानती थी, मेरी यह दुर्दांत कठोरता सिर्फ कात्या ही बरदाश्त कर सकती थी।

वह धीमे से हँसी और सह ले गई—

'वह तो···जरा उसकी तरफ से सोचो, कैसे, किस आधार पर छोड़ता वह मुझे? आखिर तो वह ऊपर-ऊपर नाम के लिए ही सही, एक ऊँचे खानदान और ठीक-ठाक पेशेवाला, इज्जतदार और अक्लमंद आदमी मानता है खुद को। समाज में हर कहीं इज्जत, आदर और अपार स्नेह पानेवाली तथा पति के लिए सारी सुख-सुविधा जुटानेवाली पत्नी को वह कैसे छोड़ देता?'

'ऐसे में तुम्हीं को मुक्त कर देना था ना उसको।'

जहर बुझी सुई हो रही थी मैं। किसी-न-किसी बहाने बाँधती जा रही थी उसे, जिसके लिए मन में अपरिमित प्यार और करुणा का पिटारा लेकर आई थी।

पर उसने तो जैसे मेरी जहरीली सुई, झपटकर खुद को ही चुभो ली—

'कैसे करती मुक्त उसे मैं! अपनी महिमामंडित अटारी से लुढ़ककर नीचे न आ जाती—मेरे ऊपर उठते चले जाने और उसके नीचे गिरते चले जाने का सिलसिला रुक न जाता।'

कैसे जान लिया था उसने कि खुद मेरे अंदर कभी-कभी शक का यह फन झटका मार देता था कि कहीं ऐसा तो नहीं, कात्या! कि तुम्हें घर-बाहर, लोगों की दृष्टि में अपनी महिमामंडित इमेज बनाए रखने का चस्का लग गया हो! 'कुछ बुरा भी नहीं कहा जा सकता इसे, पर क्या यह सच नहीं कि बिना किसी महती उपलब्धि के, प्रतिदान की प्रतीति के, कोई इतना बड़ा हवन अनवरत नहीं कर सकता—मेरे मन का यह काला शक ही समझ लो कात्या, कि अपनी छवि के प्रति तुम्हारा बेपनाह लगाव ही तुम्हारे सारे दुःखों का कारण है। शायद मैं समझा नहीं पा रही···'

हँस दी वह और उसी मृदुता से बोली, 'नहीं, समझ गई; पर तुम पूरा कह डालो पहले।'

'मेरे अंदर अकसर एक खलनायिका पसर जाती है, कात्या! उसने देखा है, किस तरह प्रैक्टिकल से पहले कॉलेज की छात्राएँ तुम्हें प्रणाम करते-करते अचानक झट से तुम्हारे पैर छू लेती हैं। (क्योंकि तुम्हारी तरफ से मनाही है) कभी फूलों का एक गुच्छा तुम्हारी मेज पर रखा होता है। कभी तुम जिस किताब से पढ़ती हो, उसके बीच एक सुखाया हुआ गुलाब, कभी करेक्शन करती कॉपियों के बीच तुम्हारे ही स्कैच—इस तरह के अंतहीन आदर, दुलार-भरे पागलपन!'

'कॉलेज की टीचरें तुमसे प्यार और रश्क दोनों करती हैं। क्लेरिकल स्टॉप के पास तुम्हारा काम कभी रुकने नहीं पाता और प्रिंसिपल तुम्हारे प्रति अतिरिक्त औदार्य व स्नेह रखती हैं।

'परंतु, यह सब तुम्हें कहीं-न-कहीं तो···।'

'हीन बनाता है मुझे—बहुत-बहुत ज्यादा! विश्वास करोगी, मेधा! मुझे

लगता है यह सबकुछ मेरी दयनीयता और असहायता के लिए मिला पुरस्कार है, बस इस सबका श्रेय मेरे चारों तरफ घिरी क्रूर और लाचार स्थितियों तथा मेरे (अब) अपंग, बदमिजाज पति को जाता है। लोगों द्वारा मिलनेवाले लाड़-दुलार, आदर-मान और सहानुभूति का चक्र मेरी लाचारी की धुरी पर घूमता है। मेरी स्वयं की क्रेडिबिलटी या गुणवत्ता कहीं कोई नहीं।'

बुरी तरह सकुचाई मैं किसी तरह इतना ही कह पाई—'कहाँ से कहाँ ले गईं कात्या तुम?'

'सिर्फ तुम तक—और कहीं नहीं—अपने काले शक को अब विश्वास में बदल डालो।'

सारी अनास्था और आक्रोश को विश्वास में बदलने की प्रक्रिया शुरू होती कि अंदर से वही मनहूस भयावनी सी चिचिआहट आई। कात्या जल्दी से उठ ली।

बाद में समझा, ये कुछ बड़े विरल क्षण थे, जो कात्या मेरे पास बैठ पाई; वरना अगले दो दिनों में वह व्यक्ति सिर्फ रात के कुछ घंटों को छोड़कर बिलकुल भी नहीं सोया, और अगर वह सोया नहीं है तो उसके पंगु अंगों की मालिश हो रही है। उसे दवा पिलाई जा रही है, चादर ओढ़ाई जा रही है, तकिया ऊँचा-नीचा किया जा रहा है, एक-एक चम्मच साबूदाना निगलवाया जा रहा है। सारी सावधानी के बावजूद एकाध दाने इधर-उधर मुँह से लिसलिसा जा रहे हैं और वह बेसब्र गुस्से से चीख पड़ रहा है।

उतनी ही तीव्रता से मेरा बेतरमन भी चीख पड़ता है—कात्या! कात्या! लौटो-लौटो कात्या! मेधा की इस खलनायिका की आवाज सुनो—यही तो मौका है, इससे पूरे अठारह सालों की क्रूरता का प्रतिशोध लेने का—उसको बताओ कात्या, क्या-क्या जुल्म ढाए हैं उसने तुमपर—अब वह कुछ नहीं बोल सकता, तुम्हारा कुछ नहीं बिगाड़ सकता—तुम बेशक उसकी तीमारदारी करो, लेकिन उसे उसकी क्रूरतम ज्यादतियों का अहसास दिलाकर, उसे पछतावे और पश्चात्ताप के गर्त में डुबो-डुबोकर बाहर निकालो, वरना समूची स्त्रीजाति तुम्हें माफ नहीं करेगी। वह तुम्हारे माध्यम से अपना प्रतिशोध चाहती है। अगर तुम यह नहीं कर पाईं तो तुम कायर हो, भीरु हो, हर हालत में, बदतर-से-बदतर अन्याय के साथ समझौतापरस्त भी।

सामाजिक दृष्टि से भी तुम्हारी स्थिति अब पूर्ण सुदृढ़ है। तुम कुछ भी करो, अब लोगों की दृष्टि में तुम्हारा एक प्रकाशमंडल निर्मित हो चुका है। उसकी छवि अब धुँधली होने से रही। अब तुम्हारे लिए कोई बाध्यता…

'बाध्यता,' कात्या पहली बार मुझे बिंधी नजरों से बेधती है—'उन लोगों की क्या बाध्यता होती है मेधा, जो जीवन की भारी-भरकम सुख-सुविधाओं को छोड़कर कुष्ठाश्रमों, वृद्धाश्रमों में वृद्ध, चिड़चिड़े और घिनौने रोगियों की सेवा का व्रत ले लेते हैं? मैं जानती हूँ, मेरे इस वाक्य को लपककर फौरन किसी आदर्शवादी प्रलाप की थैली में डालकर पाखंड की मुहर लगा दी जाएगी। या आज के जमाने में अप्रासंगिक, अयथार्थ और अनावश्यक का टैग लगाकर खारिज हुए 'जीवन-मूल्यों' के टोकरे में डाल दी जाएगी। हो सकता है, मैं गलत होऊँ; पर जीवन की कुछ बहुत जरूरी चीजों को हमने पूरी तरह गैर-जरूरी बना दिया है। इसलिए नहीं कि वे सचमुच खारिज कर देने योग्य हैं, इसलिए कि उनसे हमारे स्व को, स्वार्थ को आँच आती है।'

वह अचानक ही कॉन्शस हो आई। मैं सचमुच उसकी भाषण शैली से ऊब रही थी। मैं उस समूचे माहौल से ही ऊब रही थी, बल्कि घोर वितृष्णा हो रही थी, मुझे लाहट और उकलाहट भी। शायद इसलिए कि न मैं कात्या का दुःख बाँट पा रही थी, न कुछ सहानुभूति, संवेदना जैसा ही—क्योंकि कात्या के साथ सह-अनुभूति का तो सवाल ही नहीं था। उसकी समूची दिनचर्या मुझको सिर्फ घुटन और आतंक उपजा रही थी।

उस कोठरी में फिर कभी नहीं गई। बाहर बरामदे से ही देखती, महसूसती रहती—उसकी चादर बदलती, मुँह धुलाती, तकिया ऊँचा कर बिठाती और मुँह में एक-एक चम्मच साबूदाने का पथ्य डालती कात्या को।

अचानक एक-एक चम्मच सँभाल-सँभालकर डालते जाने के बावजूद उसे जोर से खाँसी आई और मुँह का सारा साबूदाना इधर-उधर बिखर आया।

मैंने देखा, हाँ साफ-साफ…आदतन उसने गुस्से से बिलबिलाती दृष्टि कात्या की ओर उठाई कि युद्ध में हारे क्षत-विक्षत दुर्दांत योद्धा सा डहक-डहककर निःशब्द रो पड़ा।

कात्या की पहरेदारिनी दृष्टि एक क्षण को अतिशीघ्रता से चारों ओर घूमी। कहीं अजेय-अमानुष की यह 'हार' किसी 'और' की नजरों में दर्ज तो नहीं हुई?

फिर आश्वस्त हो उसने आँचल से नहीं, पास पड़े तौलिए से उसके आँसू पोंछे, मुँह साफ किया और वापस पथ्य खिलाने लगी।

कुछ ढाई दिनों में मेरे लिए सब कुछ असह्य हो उठा। निरंतर और ज्यादा सँकरा होता लगता आँगन, अधसूखे फूल-पत्तों और लतरों से लेकर, ताखों बुकरैकों और तिपाइयों पर अँटी धूल की मोटी तहें और हर शाम छत के बीचोबीच लटकता एक मद्धम बल्ब, जो उजाले को और मटमैला कर जाता।

आते वक्त मैं और ज्यादा थकी, उदास और अंदर कहीं कुछ न कर पाने की हताशा से उपजी झुँझलाहट महसूस कर रही थी। बहुत अशांत, बहुत अस्थिर। लेकिन कात्या अपने पास मेरे पहुँच जाने भर से संतुष्ट थी। ढाई दिन ही सही। सुख के क्षण नन्ही जोत से जल उठते हैं, उन्हें नापते नहीं। न मशाल बनाने की कोशिश ही करते हैं।

रिक्शा फिर दरवाजे पर खड़ा था। मैंने अपने सारे अनुत्तरित, असंतुष्ट प्रश्नों के साथ उसका हाथ थामा।

अचानक अब तक के सारे अबोले संवादों के बीच मुखर हो आई कात्या—

'मेधा, तुमसे सिर्फ एक अनुरोध है। मेरे साथ जुड़ी इन सारी स्थितियों को तुम कभी किसी शोषित नारी की कहानी का नाम मत देना। मेरे पास कोई बाध्यता नहीं है शोषित, प्रताड़ित होने की। मुझे बेचारगी भरे इन शब्दों से चिढ़ है। मेरी आत्मा, मेरा विवेक जो कहता है, करती हूँ । तुम उसे दुर्बलता कहो या भीरुता या आत्मयंत्रणा—स्वतंत्र हो तुम!'

रिक्शे पर बैठने से पहले मैंने एक विस्मित दृष्टि उस इमारत की ओर उठाई है, जिसमें पिछले अठारह सालों से हवन होती एक औरत में यह कहने का दम है कि···कौन जाने, मैंने ही पुरुष का शोषण··· ।

□

माय नेम इश ताता

तोतली ताता असल में सुजाता है।

'ताता' तो उसने खुद अपने आपको तुतलाए बोलों में प्रचारित कर रखा है। हुआ यह कि सवा-डेढ़ की होने के साथ ही स्कूल में उसके दाखिले को लेकर दौड़-भाग करती नीना उसे उठाते-बैठाते, बाल काढ़ते, जूते पहनाते लगातार इंटरव्यू के लिए रटाती रहती थी।

'जब मैडम पूछेगी, व्हाट इज योर नेम चाइल्ड? तो क्या कहेगी मेरी बेबी?' 'ताता'—टप-टप दो तोतले ता पकी जामुन से टपक पड़ते—'माय नेम इश ताता…'

थकान से निढाल नीना भरपूर राहत से भर जाती। एक बार, बस एक बार ताता को शहर के बेस्ट 'प्रेप' में एडमीशन मिल जाता तो वह अपने ऑफिस की मोना दीवान और सपना मजुमदार को दिखा देती कि हारी हुई पारी को जीत में बदल देना भी वह जानती है।

लेकिन इंटरव्यूवाले दिन, ऐन वक्त पर ताता को न जाने क्या हो गया। पहले तो वह सोती रही थी, फिर जगी तो अचानक चिड़चिड़ी हो उठी। नीना ने उसका मूड ठीक करने के लिए उसे चॉकलेट, पेप्सी सब लाकर दिए; लेकिन इंटरव्यूवाली मैडम के सामने उसने गरदन जो लटकाई, सो लटकाई। चेहरा मनहूस घोंघे सा सिकोड़ा, सो सिकोड़ा। मजाल है जो नीना या स्कूलवाली मैडम ताता की गरदन और चेहरा रत्ती भर भी दाएँ-बाएँ या ऊपर-नीचे हिला-डुला सकें। नीना बेचैन हो पसीने-पसीने हो उठी। कितनी बार दुलराया, फुसलाया,

बोलो बेबी, बोलो, बोलो न, बताओ मैडम को—व्हाट इज योर नेम, लेकिन ताता टस-से-मस न हुई।

अपना नाम बताना तो दूर, पूछे गए किसी भी सवाल का जवाब ही नहीं दिया। मैडम ने दो-चार खिलौने, डॉल्स दिखाईं। क्या ताता के पास डॉल है! लेकिन ताता का लटका चेहरा सुन्न सपाट। जैसे वह न कुछ सुन रही हो, न समझ रही हो। पूरी तरह प्रतिक्रियाविहीन।

चेहरे पर छाई खिसियाहट, परेशानी और खीज छुपाती नीना ने मैडम को समझाने की कोशिश की; लेकिन जैसी उम्मीद थी, मैडम ने बड़े तरीके से मुसकराकर कहीं और ट्राइ करने का मशविरा दे दिया।

नीना जैसे तमाचा खाकर लौटी। ताता को धप्प से सोफे पर डाला और रुआँसी होकर फट पड़ी शौनक के सामने। 'ऐसी मनहूस, कद्दू सी सूरत बनाए बैठी रही पूरे पौन घंटे, जैसे कसम खाई हो एक शब्द भी न बोलने की—एडमीशन क्या खाक होता।'

शौनक हैरान—'क्या कहती हो? घर में तो चीख-चीखकर बात-बेबात 'माय नेम इश ताता, माय नेम इश ताता' की बकबक से जीना दुश्वार किए रहती थी। सुनते-सुनते कान पक जाते, कितनी बार चीखकर चुप कराना पड़ता—शटअप! सुन लिया, योर नेम इज ताता, ओ.के.! चलो अब जाकर अपना नयावाला एरोप्लेन चलाओ, नहीं तो ब्लॉक्स बनाओ। मुझे काम करने दो, आउट।'

लेकिन ताता पर तो जैसे तोतारटंत का भूत सवार होता, विशेषकर शौनक के ऑफिस से लौटने पर। दिन भर का रटा-रटाया बीसियों बार दोहराती। यहाँ तक कि एक दिन ऑफिस से भन्नाए लौटे शौनक का रोकते-न-रोकते भरपूर चाँटा पड़ गया था ताता के गाल पर।

दर्द से बिलबिलाई ताता जोर से रो पड़ी; लेकिन हिलक-हिलक के सिसकारी भरती वह ज्यादा हकबकी, हैरान इसलिए थी कि जो कुछ उसे दिन भर रटाया जाता, बार-बार सुनाने को कहा जाता, सुनकर खुश हुआ जाता, उसे ही जब उसने पापा को खुश करने के लिए बार-बार सुनाना चाहा तो उसे चाँटा मारकर अपमानित क्यों किया गया?

उस दिन शौनक बाद में पछताया भी, फिर ताता को बाजार ले जाकर

बड़ी-सी एक चॉकलेट और नई डॉल खरीद लाया था। खरीदकर हलका हो लिया था। पछतावा काई सा खुरच छँट गया था। लेकिन इस वक्त नीना की दयनीय रुआँसी शक्ल देखकर वह वापस गुस्से से बौखला उठा—

'देना था वहीं जोर का एक चाँटा। बोल आपसे आप फूट जाते। मैंने पहले भी हजार बार कहा है, लेकिन तुम्हारे ऊपर तो चाइल्ड साइकोलॉजी का भूत सवार रहता है न। अब भुगतो अपना किया। मैं होता न, तो···'

'क्या कर लेते तुम, जरा सुनूँ तो?' शौनक की सहानुभूति प्रदर्शन की तर्ज पर शेखी बघारनेवाला लहजा नीना को तमतमा गया—'शादी के बाद से अब तक अपना किया ही तो भुगत रही हूँ। वहाँ चाँटा जड़ देने से एडमीशन हो जाता क्या? उलटे तमाशा जरूर खड़ा हो जाता। हर बात में मैं होता तो, मैं होता तो···मैं पूछती हूँ, क्यों नहीं होते, क्यों नहीं हुआ करते ऐसे मौकों पर तुम? मुझे सब मालूम है। हमेशा ऐसे मौकों पर ऑफिस की इमरजेंसी मीटिंग, वर्कशॉप आदि के नाम पर झूठ-सच बोल, अपना पिंड छुड़ाकर मुझे आगे कर देते हो; जिससे बाद में जरा भी ऊँचा-नीचा हो तो तुम अकड़कर अपना सुरक्षित वाक्य बोल सको—मैं होता तो···अब मुझे समझ में आया, ताता में ये आदत आई कहाँ से···ऐन मौके पर ठीक अपने पिता की तरह ही वह मौका ताककर दबोचती है।'

'देखो, अब अपनी असफलता की तिलमिलाहट ख्वाहमखाह दूसरों पर उतारने की कोशिश तो तुम करो मत।'

शौनक का स्वर कड़ा हो गया। नीना दुगुने वेग से चीखी, 'हम दोनों की जिंदगी में सिर्फ मेरे 'फेल्योर' की थिगलियाँ और तुम्हारे 'एचीवमेंट्स' के सितारे टाँकते जाना तुम्हारी हमेशा की खूबी रही है, साजिश भी कि दूसरों के सामने···'

'नीना प्लीऽऽऽज शटअप···'

नीना भी दाँत पीसकर चीखी—'यू शटअप'—यहाँ तक कि शौनक का उठा हुआ हाथ नीना ने दाँत पीसते हुए बीच में ही रोककर मरोड़ दिया।

और अचानक दोनों की दृष्टि दूर खड़ी, सहमकर पीली पड़ती ताता पर गई।

'नो चाइल्ड, नो।' नीना लपकी।

'आया!' शौनक दहाड़ा—'बेबी को ले जाओ।'

आया, जिसका पूरा ध्यान अभी तक शौनक और नीना द्वारा दी जानेवाली अंग्रेजी की गालियों पर था और जो बड़े मनोयोग से रस ले-लेकर यह नाटक देख रही थी, अचानक चौंकी और झपाटे से ताता को पुचकारती अंदर चली गई।

शौनक आपे में लौटा। सोफे पर सिसकियों का ढेर बनी नीना से मुखातिब हुआ—'सॉरी! जानती तो हो, ऑफिस में आजकल कितना टेंशन है। दरअसल, मैं भी घर तभी ही लौटा था।'

'और मैं? मैं तो ऑफिस पिकनिक मनाने के लिए जाती हूँ न! तुम्हें मालूम है, मनचंद आजकल जानबूझकर मुझे सुनाते हुए मोना दीवान की डिजाइनों की ज्यादा ही तारीफ करते हैं। इधर ली गई छुट्टियों की वजह से वे मुझे शगल के लिए ऑफिस आनेवाले डिजाइनर समझते हैं। ऊपर से हर रोज आया की धमकियाँ, ताता का एडमीशन, मोना दीवान का टेंशन, उधर ऑफिस, इधर तुम, घर, आया, ताता, फोन, बिजली, गैस, लाइसेंस, कनेक्शन, फंगस, काक्रोचेज और…'

और कहते-कहते नीना की पीठ पर हिचकी का एक जोरदार हिचकोला उठा। हिचकोला सही मौके पर आया। शौनक पूरी तरह पिघल गया। (वरना सिसकी फूटने में एक मिनट की भी देर हुई होती तो नीना की फेंकी ईंटों के जवाब में दर्जनों पत्थर इधर भी तैयार थे।) क्योंकि ताता को एडमीशन के लिए ट्रेनिंग देने का छोड़कर तो बाकी सारे काम फिफ्टी-फिफ्टी के अनुबंध पर ही चल रहे थे। अंदर-अंदर शौनक अब भी यही सोच रहा था कि किसी तरह नीना के गुस्से की यह बला टाली जाए, किसी भी शर्त पर। खैर, वैसे भी पिछले पूरे छह महीनों से नीना ताता को दाखिले के लिए जी-जान से तैयार करा रही थी, इसमें जरा भी शक नहीं।

शौनक और नरम पड़ा—'चलो, तुम्हें लिज में पिज्जा खिला के लाता हूँ। मेरा भी लंच आज बड़ा बोर था।'

नीना कोहनी टिकाए बैठी रही, वह अब भी हताशा से उबर नहीं पा रही थी। 'मुझे विश्वास ही नहीं हो रहा जैसे, बार-बार यही लग रहा है, काश! इसवाले स्कूल में एडमीशन हो गया होता, जरा सी भी बोल गई होती, क्योंकि

प्रिंसिपल तो मुझसे बहुत ही इंप्रेस्ड थी।' (शौनक मन-मन मुसकराया बेशक, बाकायदे, 'पार्लर' होकर जो एडमीशन दिलाने गई थी ताता को।)

'छोड़ो भी, और भी बहुत से स्कूल हैं। छह महीने बाद सही।'

'पर इस स्कूल की बात ही और थी, और फिर लोगों से क्या कहेंगे? तुम्हारे-मेरे इतने कुलीग्स, दोस्त पहचानवाले कि ताता इंटरव्यू में फेल—एडमीशन नहीं हुआ।'

'हाँ-हाँ, नहीं हुआ—बस कह देंगे लोगों से। जो सोचना हो, सोच लें, करना हो, कर लें। बस चलो उठो। हम दोनों को चेंज की सख्त जरूरत है। कम्मॉन···' शौनक ने प्यार से कंधे पर थपकी दी। 'आया के जाने के टाइम से पहले लौटना भी तो है।'

नीना ने दीवान से चुन्नी उठाकर गले में फँसाई। होंठों पर लिपस्टिक घुमाई और पैरों में सैंडल डालती निकल गई।

दोनों चले गए तो आया ने चैन की साँस ली। उसने सहमी, हदसी ताता को उसके खिलौनों, रंग-बिरंगी किताबों और कलरपेनों के बीच ला बिठाया। 'हाँ, अब अच्छे से खेलने का, चलो अपना किचन सेट से मुझे चा बना के पिलाओ तो।'

और आया आधी पढ़ी 'तिलिस्मी कोठी' खोलकर बैठ गई।

ताता ने जोर से पैर पटका। 'नईं, मैं अपने कप में तुमको चाय नईं देती।'

'ओ.के. बाबा,' आया बिलकुल डिस्टर्ब होना नहीं चाहती थी—'मत दो बाबा, खेल खेलो अपना, देखा—कितना अच्छा-अच्छा बुक्स, छोटा-बड़ा पप्पी, एलीफैंट-डॉल···।'

'नईं, मैं कुच्छ नईं खेलती—तुम मुझको श्नोवाइट की इशटोरी सुनाओ।'

आया फिर बिदक गई—'इशटोरी तो तुमको कित्ती बार सुनाया है, बेबी। वोई-वोई बात। अब्बी बस पिक्चर देखने का। ये देखो इशनोवाइट और ये देखो उसको जहर का एप्पल खिलानेवाली रानी—बुड्ढी अम्मा—बस?'

ताता अचानक रंगीन किताब पर बने चित्र की फ्रुकेड क्वीन, सौतेली रानी के बिचके होंठ, मिचमिची आँखें और सिकुड़े, बिदुरे चेहरे को देखकर चीखी—'आया! तुम बुड्डी अम्मा हो···हो न!'

आया सिर से पाँव तक अवहेलित हो जल उठी।

'बैड गल्ल बेबी। जाओ, अब मैं तुम्हें दुद्धू नईं दूँगी। बोलो, आया अच्छी।'

ताता ने अंदाजा लगाया, आया चिढ़ रही है। उसे मजा आया—'नईं तुम दंदी। तुम बुड्डी अम्मा।'

अपमान से सुलगकर आया का चेहरा और ज्यादा सिकुड़ता जा रहा था। बुरी तरह मुँह बिदोरकर उसने कहा 'गंदी बेबी।' लेकिन उसे जल्दी-से-जल्दी ताता की जबान पर आया वह शब्द भुलवाना भी था, वरना ताता का क्या ठिकाना, चार आए-गए के सामने कभी भी बुड्डी अम्मा उचार जाए।

'चलो, दुद्धू पीओ और सो जाओ—तुमारा मिजाज ठिकाने नईं है। जब पापा का जोर का थप्पड़ पड़ेगा न, तब्बी तुम्हारा अक्कल···।'

सुनने के साथ ही ताता को पापा, मम्मी, उनका लड़ना, बिफरना और फिर कंधे सहलाते, गले में चुन्नी डाले, साथ-साथ बाहर निकलना याद हो आया।

अचानक ही वह जैसे असहाय हो आई। उसने हथियार डाल दिए और चुपचाप आया की थमाई दूध की बोतल थाम ली। लेकिन दूध फीका, ठंडा और बेस्वाद लगा; पर सहमी ताता बेमन से बोतल मुँह से लगाए रही।

बोतल मुँह में दबाए ताता की उदास आँखें अपने चारों तरफ टकटोर रही थीं। एक-से-एक महँगी मोटरकारें, एरोप्लेन, हेलीकॉप्टर, बिल्डिंग सेट, किचेन सेट, डॉल्स, स्टफ टॉएज पूसीकैट, जिर्राफ, छोटे-बड़े टेडीबियर, और भी न जाने क्या-क्या, फर्श पर चारों तरफ रंग-बिरंगी किताबें, चरखी, फिरकनी, ब्लॉक्स···

और इन सबके बीच ताता और आया, आया और ताता। पैराग्राफ समाप्त। अचानक ताता की आँखें एक डॉल पर ठिठककर सहम गईं। यह वही डॉल थी जो पापा ने उसे चाँटा मारने के बाद खरीदी थी।

अगले हफ्ते अचानक आया छोड़ गई। नीना सनाका खा गई। तैश में आकर बिफरी—'ऐसे कैसे छोड़ सकते हैं हम तुम्हें? तुम्हें मालूम है मुझे ऑफिस जाना होता है?'

'आपने तो बोला था, बेबी का एडमीसन हो जाएगा।'

'आया! तुम्हें तो अच्छी तरह मालूम है कि बेबी का एडमीशन अभी नहीं हो पाया।'

‘लेकिन हम लोगों को भी अच्छा जॉब रोज-रोज हाथ पे रका तो नहीं रैता न, मेम साब!’ आया ने नक्शा झाड़ा।

‘तो तुम अभी छोड़ना चाहती हो?’ नीना दनदनाती हुई अंदर गई और पगार के नोट उसके सामने पटककर चीखी—‘ओ.के., गेट लॉस्ट।’

आया भुनभुनाती हुई सलाम मारती निकल गई थी।

ताता तो पूरा दम लगाकर जोर से तुतलाती—‘गेत आउत’, फिर सहमी सी सोफे पर निढाल ढिलकती मम्मी को देखकर दुबारा बुदबुदाई—‘आया बुड्डी अम्मा, दंदी आया…’। वह मम्मी की मदद करना चाहती थी, पर कैसे करे? कुछ न सूझा तो वह सोफे पर निढाल पड़ी नीना से चिपक गई। नन्हे-नन्हे लटपटे बाल गालों पर झूल आए। नीना चौंकी। वह बेतहाशा ताता को चूमने लगी। आज बहुत दिनों बाद मम्मी ने उसे इतना प्यार किया था। ताता यह भी धुँधला सा समझ रही थी कि मम्मी कहीं उसे लेकर परेशान है। लेकिन ताता आखिर मदद करेगी तो कैसे? उसकी भोली आँखें जैसे नीना से पूछ रही थीं—‘मेरी गलती क्या है?’

हाँ, गलती कहीं नहीं थी। किसी तरह की नहीं। नींव तो बहुत सोच-समझकर रखी थी शौनक और नीना ने। अपने वैवाहिक जीवन की एक-एक ईंट नाप-जोखकर, पूरी सतर्कता और होशियारी से दोनों के दोनों पढ़े-लिखे नौकरी-पेशा, समझदार और मैच्योर। शादी का मतलब शादी है, किसी का किसी पर दबाव या अहसान बिलकुल नहीं, इसलिए शुरुआत से ही सारे हिसाब-किताब बराबर-बराबर। अपने-अपने शौक, सहूलियतें, कॅरियर और घर-बाहर काम के घंटों का भी बराबर विभाजन। सारी खुराफातों की जड़ पैसा तो अपने-अपने खर्चे, अपने हिसाब और पैसों की व्यवस्था भी अपने तरीके से। एक-दूसरे की सीमा में हस्तक्षेप बिलकुल नहीं।

इस सूझबूझ पर दोनों ने अंदर-अंदर अपनी-अपनी पीठ ठोंकी थी। शादी से पहले जिस तरह रेस्टोरेंटों और कॉफी हाउसों में कई-कई मर्तबा इकट्ठे होकर दोनों ने आगामी जीवन के सारे मुद्दे हर कोण से डिस्कस किए थे, कोई तीसरा सुनता तो यही सोचता कि यह किसी विवाह या पश्चिम जैसे मधुर रिश्तों के बजाय किसी बराबरी के हकदारी दावेवाला कानूनी इकरारनामा है।

अपनी तरफ से नीना ने बड़ी बारीकी से बस एक मुद्दा और जोड़ा था

कि पति-पत्नी ही नहीं, किसी अन्य तीसरे की दखलअंदाजी भी दोनों के बीच गलतफहमी का कारण बन सकती है। समझदार को इशारा काफी। शौनक ने फौरन नीना को यह कहकर निश्चिंत कर दिया था कि शुरू से कस्बे में रह आई माँ ने हमेशा शौनक को शहर के अच्छे स्कूलों में पढ़ाया है। और खुद कस्बे के उसी मकान में, ऊपर-नीचे दो-चार कोठरियाँ बनवा, उन्हें किराए पर उठा अब तक का सारा जीवन एकादशी, प्रदोष, जन्माष्टमी, रामनवमी तथा गबन, गोदान और साकेत की सोहबत में काट ले गई हैं। वैसे भी माँ की प्रकृति और जीवन-शैली कभी उन दोनों के बीच हस्तक्षेप करनेवाली या बाधक नहीं बनेगी।

लेकिन इतना सोच-समझकर बिछाए गए सारे समीकरण ताता के आने के साथ ही लड़खड़ा गए थे। हालाँकि ताता का आगमन कोई दुर्घटना नहीं थी। साल-डेढ़ साल में आखिर एकाध बच्चे का लाना तो तयशुदा था ही। और लाएँगे तो कमर कस के पूरी तैयारी और समझदारी के साथ।

लिहाजा नीना ने पूरे नौ महीने किताबों पर किताबें पढ़ीं। मैगजीन्स पर मैगजीन्स। उनमें लिखी सारी हिदायतें पालीं। इतने से इतने महीने बच्चे का इतना विकास, इतना ज्ञान, ये लक्षण, ये सावधानियाँ, पूरा बाल मनोविज्ञान और बच्चे को पालने के तरीके कंठस्थ।

शौनक भी प्राउड फादरहुड का खिताब हासिल करने के लिए सोत्साह जुट गया। बेबी लोशन, क्रीम पाउडर, झूले और कॉट से लेकर टब, बच्चा गाड़ी तक—बाप रे! सोचा नहीं था कि एक बच्चे की अगवानी इतनी खर्चीली होगी। यह दोनों ने एक-दूसरे से छिपकर मन में सोचा। ऊपर-ऊपर तो एक-दूसरे को समझाते हुए यही कि प्राउड पेरेंटहुड से गुजरने की थ्रिल के एवज में इतना भी नहीं करेंगे दोनों?

हाँ, बच्चा भी फिफ्टी-फिफ्टी हम दोनों के खाते में जाएगा। पूरा डिसिप्लिन, पूरी हाइजैनिक कंडीशन। डिटॉल में नैपी धोएँगे। इन्फेक्शन से बचाएँगे। टाइम से दूध। टाइम से नींद। हमारा बच्चा टाइम से सोएगा, टाइम से जागेगा। हम बारी-बारी से उसकी देखभाल कर लेंगे, दुलार-पुचकार लेंगे। पूरी सुख-सुविधाओं से बच्चे को पालेंगे। स्वस्थ पोषण और नए अच्छे स्कूल में एडमीशन यानी सवा-डेढ़ साल से इंटरव्यू की तैयारी शुरू—माय नेम इश ताता…।

लेकिन पैदाइश के साथ ही ताता ने किताबों की एक न मानी। किताबों

में नीना ने जो पढ़ रखा था, ताता उसका उलटा करती। वह तीन-चार घंटों के बदले पौन घंटे में ही जग जाती। एक बोतल दूध खत्म करने के बीच तीन बार सोती। भूखी होने पर भी एकाध औंस दूध पेट में जाते ही बोतल की निपल से मुँह हटाकर बार-बार हँस पड़ती। शाम भर सोती और सुबह चार बजे से किलकारी मार-मार के हाथ-पैर फेंकना शुरू कर देती। प्राउड फादर, प्राउड मदर निहाल हो लेते; लेकिन दोनों के ऑफिसों की फाइलें उन्हें आतंकित करती होतीं। नीना को दर्जन भर शर्ट की डिजाइनें पूरी करनी होतीं। शौनक को अगले पूरे साल के बजट का एस्टीमेट। आँखें थकान और बोझ से निढाल। इस वक्त, हाँ इस वक्त तो ताता को सोना ही चाहिए। आखिर इस वक्त वे उसे कैसे वक्त दे सकते हैं?

लेकिन किलकारी मारती ताता को क्या मालूम कि उसके पापा के इस नए विभागवाला बॉस किसी-न-किसी बहाने शौनक में चूकें निकालने की तरकीबें ढूँढ़ता रहता है; जिससे वह उसकी जगह अपने आदमियों की भरती कर सके। ताता को यह भी नहीं पता कि उसे पुचकारने, दुलराने के बीच भी उसकी मम्मी नीना के दिल पर अचानक सनाका सा बैठ जाता है कि कहीं इन छह महीनों की मैटरनिटी लीव का फायदा उठाकर साहनी ने मोना दीवान को डिपार्टमेंट-हेड का तमगा सौंप दिया तो? तो क्या कर लेगी वह?

ताता यह भी नहीं जानती कि अभी कुल पाँच महीने की भी नहीं हुई वह कि उसकी माँ पर ऑफिस जॉइन करने का 'टेंशन' और डिप्रेशन हावी होने लगा। और धक्के दे-देकर निकाले गए खयालों के बीच भी एक मुँहफट सवाल उसे परेशान करता ही रहा कि कहीं ताता को इस दुनिया में लाकर उसने गलती तो नहीं की? शाही बच्चे सबकुछ अपनी-अपनी जगह ठीक होने पर भी यह छूटा हुआ समय, यह गँवाया गया अवसर फिर कभी हाथ आएगा भी या नहीं?

इतना ही नहीं, यह सब सोचते हुए खुद की नजरों में जलील भी होना कि छिह! क्या मेरी परिभाषा है, प्राउड मदर की? फिर एक विद्रोही आक्रोश भी कि लेकिन प्राउड मदर ही क्यों लॉस में रहे? प्राउड फादर क्यों नहीं?

इसलिए ठोस वास्तविकता की जमीन पर आया तलाश ली गई थी।

आया से पहले एक प्रस्ताव 'माँ' के पक्ष में भी उठा था और पूरी तरह

पूर्वग्रह रहित होकर विचार-विमर्श किया गया था। पहले से तय करके कि दोनों में कोई किसी की बात का बुरा नहीं मानेगा। फैक्ट इज फैक्ट। आया को नीना निर्देश दे सकती है। माँ को नहीं। लेकिन माँ चौबीसों घंटे रहेगी; पर फिर आया के साथ मुरौव्वतवाली बात बिलकुल नहीं। जबकि माँ की फीलिंग का थोड़ा-बहुत खयाल रखना ही होगा। आया पेड सर्वेंट होगी, पगार ज्यादा लेकिन खाना अपना खुद लाएगी। माँ पेड न होने पर भी खाना-पीना तो सारा अपने जैसा ही। बल्कि वे तो शुरू से रात में सोने से पहले एक गिलास दूध भी पीती आई हैं।

बड़ी देर तक आया और माँ तराजू के दोनों पलड़ों पर ऊपर-नीचे होती रहीं, अंत में सारे मोल-भावों के बाद बोली आया के पक्ष में गिरी। पूरे डेढ़ साल गाड़ी अटक-अटककर चली भी, लेकिन अब?

आया छोड़ गई थी और नीना की दहशतजदा आँखों के सामने अपना सजा-सजाया फ्लैट, परदे, दीवान और गुलदस्ते सबकुछ एक विकराल ब्लैक होल में तब्दील होते जा रहे थे।

अगला पूरा महीना जबरदस्त गहमागहमी का था। शौनक को शायद ट्रेनिंग के सिलसिले में जर्मनी जाने का चांस मिले और नीना पर खुद बाहर से मिले ऑर्डर की भरपाई करने की जिम्मेदारी।

रातोरात कहाँ से आया तलाश लाई जाए, वह भी चार-छह महीने के बच्चे के लिए नहीं, अच्छी-खासी बोलती-समझती ताता के लिए?

इसलिए अब बहस की कोई गुंजाइश नहीं थी। तर्क-वितर्क के तराजू-बटखरे एक किनारे रखे, शनिवार की आधी छुट्टी पर नीना ने ताता की बेबी मीटिंग की और शौनक इतवार की शाम माँ को उनकी छोटी अटैची के साथ लिये लौटा।

'ताता! देखो बेटे, कौन आया है?' यह प्यार और आदर से ज्यादा, जल्दी-से-जल्दी ताता को हिला-मिला देने की चिंतावश ही ज्यादा कहा गया था।

'बुड्ढी अम्मा।' ताता ने मटककर अरुचि से कहा और इठलाकर अपना हवाई जहाज जमीन पर तेज आवाज के साथ चलाने लगी।

'बैड गर्ल।' शौनक अपने आपको अपमानित महसूस कर चीखा। उन दोनों के डिसिप्लिंड ट्रेनिंग की धज्जियाँ उड़ा दी थीं ताता ने, माँ के सामने।

'यू बैड ब्वॉय...'

'शटअप!'

'यू शत्तप'

'नईं बुड्डी अम्मा,' नीना ने बात सँभाली—'नहीं बेटे, दादी...'

माँ ने बौखलाते-खिसियाते बेटे-बहू को सँभाला। 'कह लेने दो न! अड़ोगे तो बच्चा भी अड़ेगा। मैं कोई बाहर की हूँ?'

तोतली होने पर भी ताता इतना समझती थी कि ये तो उससे चिढ़ने-मुरझाने के बदले उसका मटकना देखकर उलटे निहाल हो रही हैं। फटकार भी उलटे मम्मी-पापा को पड़ गई।

नीना जब अंदर गई तो ताता चुपके से पास आई और गोल-गोल आँखें झपकाकर धीमे से पूछ गई—'तुम दादी ओ (हो)?'

दादी को शरारत सूझी—'तुम ताता हो?'

ताता चौंकी। फिर इठलाकर तुतलाई—'माय नेम इश ताता—'

दादी बोली—'माय नेम इश दादी—ताता की दादी।'

ताता किलककर हँस दी। फिर वही शान और रोब से अपने एक-एक खिलौने ला-लाकर दिखाने लगी—'तुमने मेला एलोप्लेन देका ऐ?...मैं लिंडा डॉल के लिए चाय बनाती हूँ। तुम भी पीओगी? लो, नईं, अबी नईं पीना—गनम है—देका? तुमको इशटोरी आती है? मैं दो-दो टेडीबियर के साथ सोती हूँ।'

सुबह नीना को ताता को इकझोरकर जल्दी-जल्दी उठाने की जरूरत नहीं पड़ी। ताता जब तक आँखें मलती उठी, नीना, शौनक बाऽऽऽय करते जल्दी-जल्दी ऑफिस के लिए निकल रहे थे।

दादी दरवाजा बंद कर लौट रही थीं। ताता को दादी बड़ी अजूबा लगीं। न यह आया थी, न यह आंटी। एदल आरेंज वाली ताई भी नहीं। और न कपड़े धोकर पौंछा मारनेवाली शेवंती।

उसने दादी के पास आकर पूछा—

'दादी! तुम कौन ओ?'

निहाल दादी ने उसे अपनी गोदी में समेटकर कहा, 'अपनी ताता की दादी और तुम्हारे पापा की मम्मी।'

'तुम मम्मी ओ?...फिल तुम ऑफिस चली जाओगी?'

'नहीं, मैं नहीं जाऊँगी ऑफिस।'

'क्यों? मम्मी लोग तो सारे दिन ऑफिस रैती हैं।'

'हाँ, लेकिन दादी लोग ऑफिस नहीं जातीं।'

'फिल तुम घम्में (घर में) क्या कलोगी?'

'मैं ताता के संग खेलूँगी?'

ताता को लगा, दादी झूठ बोल रही है। आया की तरह, पापा की तरह, मम्मी की तरह। ताता तो अपने खिलौनों के साथ खेलती है। आया जादुई कालीन पढ़ती है। मम्मी-पापा छुट्टी के दिन भी सुबह से ही सारे दिन क्या-क्या करना है, सोच-सोचकर पगलाए रहते हैं। घर-बाहर बाजार-पार्लर क्या-क्या सफाई, क्या-क्या मरम्मत, उठाना, लाना, धरना, समेटना। दर्जनों लोगों को कर्टसी कॉल हाअअय, हाउ स्वीट, हाउ नाइस, हो-हो, ही-ही और मुँह बनाते हुए निहायत नाटकीयता से फोन कट करना। इस तरह छुट्टी के एक पूरे दिन का रस नीबू की तरह निचोड़ डालना।

लेकिन दादी तो सचमुच कहीं नहीं गईं। ताता उनके पीछे-पीछे कौतुक से घूमती रही। दादी ने अपनी अटैची खोली।

'ये तुमाले कपले हैं? बश इतने?'

'हाँ!' दादी हँसी।

'दादी! तुम पुअल हो? पुअल बच्चे दंदे होते हैं। वे सड़क पे खेलते हैं। दंदी चीज खाते हैं, इशी शे कार के नीचे दब जाते हैं...ऐक्शीडेंट।'

दादी ने अटैची से पूजा की घंटी, पीतल की आरती, अगरबत्तीदान, राम-कृष्ण के चित्र और छोटी सी रामायण निकाली।

'ये तुम्हाली बुक है?'

'हाँ!'

'तुम्हाले पास अच्छी बुक्श नईं हैं? मेले पास बल रेड और येल्लो बुक्स हैं।' फिर एकदम तमककर बोली, 'मैं तुमें अपनी बुक्स नईं दूँगी, तुम दंदी कर दोगी।'

दादी घंटी निकालकर रखने लगीं तो वह टुन्न से बोल गई। ताता को ये आवाज सारे खिलौनों से न्यारी लगी। उसने ललचाई नजरों से घंटी की तरफ देखा।

'ये तुमाली है? तुम इशे बजाती हो?'

दादी हँस दीं—'तुम बाजाओगी? लो बजाओ। पूजा करते समय हम दोनों बजाएँगे।'

ताता थोड़ा हिचकी, फिर खुश होकर घंटी बजाने लगी।

दादी ने भगवानजी के चित्र एक छोटी चौकी पर सजा दिए। रुई की बत्ती बनाई और पीतल के दीपदान में तेल में भीगी बत्ती जलाई। फिर ताता के हाथ में दीपदान पकड़ाए-पकड़ाए गोल-गोल घुमाकर आरती करवाई। ताता ने एक बार दादी को गाते सुना, फिर खूब ऊँची आवाज में गलत ही तुतलाती गाती रही। और लगातार टुनुन-टुनुन घंटी बजाती रही।

चित्र में भगवान् के 'एवमस्तु' की मुद्रा देख ताता ने पूछा, 'दादी, भगवान्जी क्या कैते हैं?'

'कहते हैं, ताता बड़ी गुड गल्ल है।'

'औल ये वाले भगवानजी क्या कैते हैं?'

'कैते हैं, ताता खूब बड़ी सी हो जाए?'

ताता की आँखें खुशी से हुलसीं कि एकाएक झप्प से बुझ गईं—'नईं, मैं बली होकल ऑफिस नहीं जाऊँगी।'

दादी भौंचक्क! 'ठीक है, लेकिन क्यों नहीं जाओगी?'

'बताऊँ? ऑफिश बहुत दंदा होता है। वो मम्मी, पापा से झगड़ा करता है।' फिर दादी के कानों के पास आकर धीरे से बोली, 'और ऑफिश के पाश एक बश्टर्ड बॉश होता है।'

दादी सकपका गईं, 'तुमसे किसने कहा, बच्चे?'

ताता ऐंठी—'नो बडी···आय नो।'

दरवाजे की घंटी बजी।

ताता चीखी—'दादी, मत खोलो। रूपा आंटी होंगी। वो बौत 'बोल' (बोर) कती हैं। उनका बेबी राउल बौत चीखता है।'

दादी फिर अचकचाईं—'तुमको कैसे मालूम?'

ताता फिर इठलाई, 'आई नो।'

दरवाजे पर आया थी। उसने सोचा था, ऑफिस से छुट्टी लेकर नीना फोन पर फोन मार 'आया' तलाश रही होगी। उसे देखते ही उसकी बाँछें खिल

जाएँगी। सौ-डेढ़ सौ बढ़ाकर वापस आने की मिन्नतें करेगी। लेकिन माँजी को देखकर चौंक गई। अंदर जाना चाहा—'ताता बेबी को सँभालने के वास्ते आई होंगी? क्यों माँजी? फिर भी। अपना ठिकाना छोड़कर आखिर कितना दिन रह पाओगी?'

'जब तक ताता चाहेगी।' आया चौंक गई। ताता भी! दादी तो सचमुच ताता के साथ ही रहती हैं, खेलती हैं। अबोध मन में दोस्ती का, विश्वास का, आश्वस्ति का एक अक्स सा उभरता गया।

आया चली गई तो दादी ने दरवाजा बंद कर पूछा, 'अब ताता का दूध पीने का टाइम हुआ न!'

'मैं टाइम शे दूद्दू नहीं पिऊँगी तो तुम बुड्डा बाबा को बुलाओगी न।'

'नहीं तो। बुड्डा बाबा कौन?'

'आया बुलाती थी। आया दंदी, बैड गल्ल···दादी। अब आया आए न तो तुम कैना गेट आउट। गेट लॉस्ट···'

'नहीं, गेट आउट किसी को नहीं कहते, बुरी बात है।'

'कैते हैं। मैं पापा को भी कैती हूँ।' ताता उत्तेजित होकर बोली।

'अब नहीं कहना, क्यों कहती हो?'

'क्योंकि पापा कैते हैं। बताऊँ कैशे? खूब गुश्शा होके—ताता! गेट आउट—ऐशे कैते हैं।'

'अच्छा! मैं पापा को मना कर दूँगी कि ताता को ऐसे नहीं कहें।'

ताता खुश हो गई। अपने सारे ब्लॉक्स लाकर बोली, 'दादी! मैं तुमाले लिए घल बनाऊँ?'

'क्यों? हमारे पास घर है तो।'

'ये तो हमाला घल है न! तुमाले लिए।'

दादी ने जाने क्या सोचकर कहा, 'अच्छा ठीक है, बना दो।'

लेकिन ताता का मन उचट गया। उसने घर नहीं बनाया। पूछा, 'दादी! तुमाले पाछ मालूती थाउशेंड ऐ?'

'नहीं, लेकिन मेरे पास एक बहुत अच्छी चीज है।'

'बताओ क्या?'

'बताऊँ? मेरे पास एक बहुत 'शुईट' सी ताता वन थाउजेंड है।'

ताता दादी के जोक पर किलकारी मारकर हँस दी। फिर तो ताता और दादी का प्रिय खेल ही बन गया। रोज दिन में कभी भी दादी एक तरफ आँखें बंद कर बैठ जातीं। फिर हाथ फैलाकर एक-एक शब्द पर रुक-रुककर कहतीं— 'मेरी-मारुति-वन-थाउजेंड कौन?'

थोड़ी दूर पर पूरे सस्पेंस में खड़ी ताता, हवा के झोंके सी आकर, दादी की गोदी में बैठकर, खुशी से चीखकर जवाब देती—'ताता'।

उतरी शाम अचानक कस्बे से गिरधारी आया। बताया—'आँधी-तूफान और घनघोर बरसात से पूरबवाली कोठरी की आधी छत उधड़ गई। आपके संदूक, पेटियाँ सब उघारी हैं, माताजी। किसी तरह बाल-बच्चों की निगरानी में छोड़ आया हूँ…पर कब तक?…वैसे भी आप तो चारई-छह दिन बोल के आई रहीं। सब लोग वहाँ परेशान हैं कि माताजी बीमार-ऊमार पड़ीं क्या?'

ताता ने छोटी बिल्लौरी आँखों से सब देखा, सब भाँपा—

'दादी! तुम क्याँ (कहाँ) जाती ओ?'

'अपने घर बेटे, तुम मेरे लिए घर बनाती थीं न!'

'नईं।' ताता ने आदेश दिया—'तुम नईं जाना।'

दादी ने बच्ची का मान रखा—'अच्छा, नहीं जाऊँगी।'

लेकिन ताता के मन में अंदेशा बैठ गया। दादी चली जाएँगी। मम्मी-पापा भी तो कितनी बार ऐसे ही कहते हैं, बाद में चले जाते हैं। झूठ बोलते हैं।

दादी भी किशनजी, राधाजी, घंटी, आरती सबकुछ लेकर चली जाएँगी। ताता के पास फिर से, खूब भड़कीले रंगोंवाली ढेरमढेर किताबें, स्टफ टॉएज और तेज आवाज करनेवाले भोंपू बजाते हवाई जहाज, मोटरकारें, ट्रेनें, चरखियाँ रह जाएँगी और सबके बीच अकेली ताता…या फिर आया, बुड्डी अम्मा। बुड्डा बाबा वाली।

अचानक वह वापस दादी के पास आई—

'दादी! तुम जाना मत! प्रॉमिश!' दादी ने अचकचाकर देखा—ताता की आँखें दुबारा पूछ रही थीं प्रॉमिश दादी?

ताता के अनजाने उसकी बिल्लौरी आँखें झील सी डभाडभ थीं।

इतने कीमती आँसू अरसे से किसी ने माँजी के लिए नहीं बहाए थे।

उन्होंने शौनक को एक तरफ बुलाकर कहा, 'तुम्हारा हर्ज तो होगा, पर

किसी तरह इस इतवार चले जाते तो अच्छा था। संदूक और पेटियाँ दूसरी कोठरी में डालकर ताला लगाकर आ जाना। मैं न जा पाऊँगी।'

'लेकिन क्यों माँ? एक-दो दिनों की तो बात है?'

'एक-दो दिनों की बात नहीं, यह मेरे और ताता के बीच के भरोसेवाली बात है। विश्वास छोटे या बड़े नहीं हुआ करते। चाहे बच्चों के हों या बूढ़ों के।'

कहीं से सुनती, भाँपती ताता दौड़ी आकर दादी की गोदी में समा गई—'थैंक्यू दादी!'

□

१२

‘जाते हुए’

“दरजीमास्टर एक लड़का लाया है, मेम साब।”

“भेजो।”

अब बच्चन लाल दरजीमास्टर मेरे सामने खड़ा था और बगल में खड़े लड़के की ओर इशारा करके धाराप्रवाह बोले जा रहा था—“अब आप ही सोचें साहब, आजकल छोरे जल्दी मिलते कहाँ हैं, और वह भी ईमानदार। वो तो आपकी कड़ी ताकीद थी, सो मैंने कहा चाहे जैसे हो ढूँढ़कर ले चलूँगा मेम साब के लिए। अब आपको तकलीफ हुई तो मेरी खिदमत से फायदा? यह तो कहिए साहब, छोरे की छुट्टी है, वरना…”

“छुट्टी? छुट्टी कैसी?”

“जी साहब, स्कूल से पाँचवीं में पढ़ता है।” नजर घुमाई तो बारह-तेरह साल का दुबला-पतला लड़का पीले, भदरंग चारखाने की झिल्लड़ कमीज और तमाम सारे खोंच लगा पाजामा पहने, दुबली साँवली हथेलियाँ जोड़े जाने कब से ‘नमस्ते’ जैसी मुद्रा में खड़ा था। आई हँसी दबाकर बोली—

“तब स्कूल खुलने पर तो चला जाएगा, फिर?”

“ फिर तो साहब, मैं हूँ ही। दूसरा ढूँढ़ दूँगा।…यों समझिए बड़ी मुश्किल से ढूँढ़ा है। आपने कहा था, मेहमान आने वाले हैं सो बात मुझे याद थी। मैं जानता हूँ न, ‘साहब लोगों के घर में एक खानसामे, एक महरी से क्या बनता है! विलायत वाली मेम साहब तो बारह सौ बस आया को ही देती थीं और वो आया भी तो ऐसी-वैसी गँवारनों में थोड़ी थी, अंग्रेजी तो ऐसी बोलती कि…”

''लेगा क्या?''

''अब यों समझिए साहब, आप लोगों से क्या कहना है। आप तो जानती ही हैं गरीब का लड़का है, गाँव में खाने-पहनने को है ही क्या—कभी आधी, कभी सूखी, कभी वह भी नहीं। दो जून खाना मिल जाए इसे, कुछ कपड़े-सपड़े बनवा दें, बाकी जो आपकी मरजी हो दे दें···अब सात-आठ दिनों के लिए क्या मुँह खोलना। आप ही जैसों के आसरे तो हम···''

अंदर से बेबी के रोने की आवाज आई। अपू के स्कूल जाने का समय हो रहा था। बच्चन लाल के भाषण का कोई ओर-छोर न देखकर जल्दी से बोली, ''ठीक है, तुम जाओ···इसे देखेंगे। कपड़े भी तो बिलकुल गंदे पहन आया है।''

''वही तो साहब, यों समझिए कि खाने भर का···''

मैं खीझकर चल दी तो बच्चन लाल गरीबी की व्याख्या अधूरी छोड़, एक जोरदार सलाम ठोंक दरवाजे की ओर मुड़ गया।

लड़के को ध्यान से देखा तो परेशान हो उठी, इतने गंदे कपड़ों वाला नौकर कोई देखेगा तो क्या सोचेगा? इससे तो बिना नौकर ही अच्छा; और मेहमान भी कोई ऐसे-वैसे नहीं, कंपनी के डायरेक्टर-इन-चार्ज। सोचा, जाने दो, आशु को कमरे में चुप रखे और रोने पर शहद की चुसनी दे दे तो ही बहुत है, पर अपना मन भी तो नहीं भर रहा था। खैर···

''नाम क्या है?''

''चंदू! चंदन···''

वह आशु के कपड़े फैला कर आया था और धूल भरे गंदे पाजामे से हाथ पोंछ रहा था।

''ए—चंदू देखो, उधर साबुन से हाथ साफ कर तौलिए से पोंछकर बेबी को गाड़ी में घुमा लाओ।''

बड़ी तत्परता से उसने हाथ साफ किए और प्रैम लेकर बाहर चला गया। शाम की आखिरी ट्रेन का टाइम भी समाप्त हो गया, मिस्टर फारिया नहीं आए। साढ़े पाँच के करीब चंदू प्रैम लेकर लौटा।

''सुनो, तुम कितने बजे आओगे?''

''जब तुम कहेंगी···तब चला आऊँगा।''

स्वर तो संकुचित था, किंचित् शालीन भी, पर 'तुम' मस्तिष्क को झनझना गया। पाँचवीं में पढ़ता है, बोलने की तमीज नहीं।

'तुम' नहीं, आप कहते हैं समझे?...अपने लिए 'आप' सिखाने में थोड़ी खीझ भी आई।

"जी-जी, हाँ-आप!"

सोचा—मेहमान तो आए नहीं, कल इस गंदे को बुलाकर क्या करूँगी, पर सारे दिन आशु के चिल्लाने से राहत मिली थी, नई जगह आने के बाद पहले दिन दोपहर में बेफिक्र सो पाई थी, चार-पाँच दिन और मिल सकने वाले इस आराम को मैं छोड़ना नहीं चाहती थी। और अब तो, जरा गंदा भी रहे तो क्या, मेहमान भी कहाँ...

"कल आओगे?"

"तुम कहें—आप कहेंगी तो चला आऊँगा।"

"हाँ तो आना।"

दूसरी सुबह आठ बजे मैं ब्रेकफास्ट टेबल पर भुनभुनाई—"आने को कहा था, आया नहीं पाजी; ऐसे ही होते हैं ये गँवार।"

"कौन? तुम उस लड़के की बात कर रही हो? वह तो कब का आया है, कम-से-कम चार बार मुझे सलाम ठोंक चुका होगा। आशु को प्रैम में घुमा रहा है।" इन्होंने कहा।

"कब? मैंने देखा नहीं।"

"तुम ड्रेस-अप हो रही थीं और क्या, आशु ऐसे ही शांत रहने वाला है?"

लॉन में देखा और संतोष की साँस ली, पर उसके गंदे कपड़े फिर आँखों में खटक गए। देखकर भी तमीज नहीं आई पाजी को कि जरा साफ होकर चलूँ। इन गँवारों को साफ रहने का शऊर कभी नहीं आएगा। नए कपड़े सब रखे रहते हैं, मेलों, तमाशों में पहनने के लिए और रोज यूँ ही फटीचर बने घूमते हैं। कैसे मान लूँ कि इसके पास यही एक जोड़े मैले-कुचैले कपड़े हैं बस। गर्ज थी, क्या करती। आशु जरा भी कुनमुनाता, वह चौंककर बाबुल...ओऽ होऽ लल्ला—कहकर चुमकारने लगता, चुपाने के लिए बेचैन हो उठता। मैं सारे दिन ताकीद करती रहती—हर समय पालना मत हिलाया करो; नैपकिंस

उधर रखा करो, बेबी को गोद में बिलकुल मत लिया करो; पास में नहीं चुमकारो,...और हर उत्तर में वही एक संकोच भरी, तत्पर स्वीकृति 'जी हाँ,' काम हो जाता—थोड़ी देर में फिर वह हाजिर। "जी, कर लिया, मेरे लिए कोई काम?"

"अच्छा...।" दूसरा काम बता दिया। दस पंद्रह मिनट बाद—अब? लल्ला तो सो रहे...मेरे लिए कुछ काम..."

खीझकर कहा, "कोई काम नहीं, जाओ उधर बैठो।"

उसने मेरी ओर इस तरह देखा जैसे मैं कहीं नाराज तो नहीं, आवाज में कुछ प्रत्यक्ष साध्य नरमी लाकर दुबारा मैंने कहा, "कुछ नहीं भाई, जाओ, बाहर बैठो।"

"जी...हाँ..." वह चला गया।

तभी प्यास लगी, सोचा उसे आवाज दूँ, पर अभी-अभी तो उससे बाहर जाकर आराम करने को कहा है। लेकिन दरवाजे पर आई तो चौंक गई वह हाथ बाँधे खड़ा था काम की प्रतीक्षा में। मैं अवाक् रह गई—"अरे तू बैठता क्यों नहीं? खड़े-खड़े थकता नहीं?"

"जी हाँ।" और वह डरकर दूसरी तरफ चला गया।

शाम को जाने लगा तो मैंने कहा, "तुम अपनी किताबें यहाँ ले आया करो। जब बेबी सोता है, पढ़ा करो।" असल में दिन भर हर थोड़ी देर बाद, उसका 'मेरे लिए कोई काम' पूछना मुझे खासा नागवार गुजरता।

अगले दिन आते ही पूछा, "किताब नहीं लाए?"

"जी हाँ!"

"क्यों?"

वह कुछ नहीं बोला।

"भूल गए?"

"जी नहीं!"

"माँ ने मना किया?"

"जी हाँ!"

"क्या कहा?"

"यों कहा कि किताबें पढ़ेगा तो नौकरी क्या करेगा।"

"ओ हो, तो तू माँ से कह देता कि मेम साब ने खुद कहा है।"

"जी···जी" उसने सहमकर कहा फिर धीमे से बेबी के पास खिसक गया। उस दिन आशु सारे दिन जागता और रोता रहा। दोपहर भर उसकी कूँ काँ से जब भी नींद खुलती आशु के स्वर से एक सप्तक ऊँचा, चंदू का स्वर कानों में पड़ता, एक कटोरी टूटी जी एक कटोरी टूटी, मुन्ने की बहु रूठी, ओय मुन्ने की बहु रूठी। काहे बात पे रूठी, जी काहे बात पे रूठी—दही दूध पे रूठी, जी दही दूध पे रूठी···

एक-दो-तीन टुकड़ों के साथ ही मुन्ने की बहू ही नहीं मुन्ना भी मानकर सो जाता। दूसरी बार जगने पर पहले गाने का उतना प्रभाव पड़ता न देख वह दूसरी तान छेड़ता।

सुनते-सुनते मैं फिर सो जाती, आशु कब तक सोता, पता नहीं या जगे-जगे ही किलकारी भरने लग जाता। शाम को पक्की नींद में उसे सोया देखकर वह कुछ जल्दी आकर बोला—

"लल्ला सो गए, मैं जाऊँ?"

जल्दी जाने के नाम से मेरे माथे पर शिकन पड़ गई।

"आज जल्दी क्यों?"

चुप।

"माँ ने कहा है?"

"जी हाँ।"

"क्या?"

"यों कहा है—जल्दी आना।"

"तो जा।" पर वह खड़ा रहा।

"कुछ कहना है?"

चुप।

"क्या है, कहो?"

सिर झुकाए-झुकाए—"जी माँ ने यों कहा है, कुछ पैसे लेते आना।"

"ले जा।" मुझे मैं बेहद उदार लगी।

पैसे लेते हुए जैसे कोई अपराध स्वीकार कर रहा हो, बोला—"नाज नहीं है, सो लेकर पिसाना है, खाने को···उसी वास्ते जल्दी जाना है।"

'खाने को' पर उसने थोड़ा दबाव दिया, जैसे वह चाहता नहीं था, लेकिन लाचारी है।

शाम को आने पर इन्होंने पूछा, "वह तुम्हारा पालतू नहीं दिखता?"

"आज जल्दी चला गया, कुछ पैसे लेकर, शायद कुछ आटा वगैरह पिसाना था।"

"कितने दिए?"

"तीन दिन के तीस रुपए होते थे, दे दिए।"

"तीन दिन के तीस रुपए? ऊपर से दोपहर का खाना, नाश्ता और काम कुछ नहीं। आज से उससे आठ रुपए कह दो।"

"सारे दिन तो रहता है—अब काम नहीं तो क्या करे?"

"तो लीजिए आप उससे।"

मैं भन्नाई। अब ये भी कोई बात हुई—काम नहीं तो क्या पैदा करूँ?

आशु के लिए रखा है। सो सुबह से शाम तक एक पैर पर खड़ा रहता है, जो कहो, खिदमत बजाता है, आप फरमाते हैं आठ रुपए कर दो—लोह-लक्कड़ के बीच फैक्टरी में काम करते-करते आदमी भी वैसा ही हो जाता है, सोचते हुए मैं अपने को अतिशय दयालु अनुभव कर रही थी। दरअसल पिछले तीन दिनों में ही मैं उसकी इतनी अभ्यस्त हो गई थी कि उसके जाने की बात सोचकर ही परेशान हो जाती। कई बार उससे पूछती भी—"स्कूल खुलने पर तो चला जाएगा न?" और उत्तर में वही "जी-जी हाँ"।

सुनते ही परेशान होकर फिर फैक्टरी-स्टोर में बच्चन लाल दरजीमास्टर को फोन करने लगती कि आया अभी ढूँढी उसने या नहीं। अब गंदी नैपी साफ करने के नाम से ही आलस आती। 'चंदू दूध बना ला'। बेबी की घेटरें सूखने को डाल दे। नहलाने का टब भर दे—साबुन, तौलिया सब, गुड। प्रैम भी साफ कर दो।

"आज फिर तू गंदे कपड़े पहनकर आया, चंदन?"

"जी," उसी सहमी दृष्टि में अपराध की स्वीकृति।

"धोए क्यों नहीं?"

चुप।

"क्यों? क्या करता है यहाँ से जाकर?"

''जी—कुछ नहीं''

''फिर?''

''क्या बात है? मेरी खीझ बढ़ी और बढ़ी खीझ ने तुरंत असर किया।''

एकदम से कह गया, किसी तरह—

''जी, साबुन की टिक्की नहीं मेरे पास।''

जाहिर है, साबुन की टिक्की दे दी गई उसे।

सुबह दूर से आता देखा तो कपड़े कुछ साफ लगे। संतोष हुआ, पर पास आने पर देखा तो थोड़े गीले।

''यह क्या? गीले कपड़े पहनकर आया है?''

'जी...''

''क्यों?''

''जी, रात ही धोए, मगर सूखे नहीं।''

''तो एक दिन के लिए दूसरे नहीं पहनकर आ सकता था? मैं खुद ही तुम्हारी गंदगी की वजह से नए कपड़े सिलवा रही हूँ, पर तुम लोगों को इसका भी खयाल नहीं रहता कि कहाँ नौकरी करते हो और कैसे चले आते हो।''

''जी!'' अपराध स्वीकृति का वही सहमा हुआ मौन।

उस दिन नई कमीज और पाजामा दिया। देखकर चमकती आँखों को झुकाए मनोभावों को छिपाने का प्रयत्न करता रहा। आधी टिक्की नहाने वाले साबुन की दी, ''जा, ठीक तरह से नहाकर, बाल धोकर आ।'' नहाकर आया तो उसके रंग के साथ ही बालों का रंग भी बदल गया था। गर्द-गुबार से भरे बालों पर पानी पड़-पड़कर और भी चीकट कर गया था उसके बालों को। खानसामे से कंघी माँगकर बाल ठीक करने का हुक्म भी, अब्दुल 'मूड' में था, खुद ही उसके बाल काढ़े और पीठ पर एक धौल जमाते हुए ठठाकर हँस पड़ा—''जा छोकरे, तू तो एकदम जैंटलमैन हो गया, रोटी लग गई दिखती है?''

सारे दिन शरमाया-शरमाया सा रहा, सिवा इसके कि मैं जब भी पास से गुजरती एकदम चौंककर सलाम मार देता। कमीज-पाजामा क्या पहना मानो सारी दुनिया की नियामत मिल गई। खीझकर कहना पड़ा—''अरे, बार-बार सलाम क्यों करता है? घर में ही तो हूँ।''

"जी…"

"जी क्या ?"

"माँ ने यों कहा है, नए कपड़े पहनकर मेम साहब को सलाम देना।"

"अच्छा तो दे चुका न ? बार-बार देने की जरूरत नहीं।"

"जी हाँ…"

छठे दिन जाने से पहले फिर खड़ा रहा, समझ गई।

"अरे अभी तो कल आएगा न ? फिर पैसे कहीं भागे थोड़े जा रहे हैं।" कुछ रुककर पूछा, "क्या फिर नाज लाना है ?"

"जी, माँ की दवाई लानी है।"

"क्या हुआ है ?" सोचा खाँसी-बुखार की टिकिया मैं ही दे दूँ, उदार भावना फिर बढ़ गई थी।

"जी, पुरानी बीमारी है।"

चुपचाप अगले मतलब आखिरी दिन के भी मिलाकर चालीस रुपए उसके हाथ पर रख दिए। शाम ये फिर जल्दी आ गए।

"क्या हुआ ? आज फिर जल्दी चला गया न ? पैसे भी ले गया होगा।"

मैं इनकी दूरदर्शिता पर चकित थी।

"हाँ, कहता था, दवाई लानी है माँ की।"

"अच्छा बेवकूफ बना रहा है तुम्हें—कल के भी पैसे दे दिए न ? अब कल आ जाए तो नाम बदल दूँ। जाते-जाते सोचा होगा जो भी मुनाफा हो, सो हो भला…मक्कार होते हैं ये सब पक्के।"

"ऐसा नहीं है—उसे जरूरत थी।"

"जरूरत ? हुँह ! मुझसे पूछो, सारे दिन इन्हीं हरामखोरों से निपटना पड़ता है। बिना बात की बहस मुझे पसंद नहीं, विशेषकर घर के खर्चों को लेकर— "सुबह से शाम तक काम करवाने के बाद उसकी जरूरत भर चालीस रुपए दे दिए तो कौन सी बड़ी बात हो गई ? "

चालीस रुपए ? ये व्यंग्य से हँसे—"सिर्फ एक हफ्ते काम करने के लिए रखे लड़के को चाय-नाश्ता, खाना, कपड़े, खाँसी की गोलियाँ और ऊपर से दस रुपया रोज देने पर कोई रखेगा ? मेरे लाख कहने पर भी कपड़ों के रुपए तुमने उसके पैसों से नहीं काटे, एक हफ्ते बाद जब दूसरा नौकर रखा जाएगा

तो उसे भी नए कपड़े सिलाने होंगे।''

''अब सिलाने हों, तो हों, यह ओछापन मुझसे न होगा।''

''तो ठीक है, बंदा हाजिर है, लुटाइए-उड़ाइए।''

शाम का सारा आक्रोश सुबह आए चंदन पर ही उगला। खासकर जब याद आया कि जब से इसे नए कपड़े दिए हैं, ईडियट वही पहनकर रोज आता है। साफ समझ में आता है कि घर पर भी यही पहनता, सोता है। अपनी झिल्लड़ कमीज, पजामा अब एक दिन भी नहीं पहना जा रहा। ठीक है, मैंने ही उसे गंदे कपड़ों में आने को मना किया था, पर कम-से-कम जब तक इन कपड़ों को धोए-सुखाए, तब तक तो अपने पहन सकता है। पर वह शायद इसी डर से इन कपड़ों को धोता ही नहीं। 'अति' होने पर भी इनकी बातों में सच्चाई तो है ही। सुना होगा, फटे-चटे कपड़ों में बड़े आदमी नहीं रखते नौकर, सो एक भदरंग कमीज पहनकर आता रहा जब तक नए कपड़े नहीं ले लिये हमसे, अब उन कपड़ों को भी ताला लग गया। चलो, अब इन्हें ही लिथोरा जाए, अपने क्यों घिसें··· ?

पूरी डाँट खड़े-खड़े धैर्यपूर्वक सुनी और प्रैम लेकर चला गया। बाद में सारे दिन बुरा लगता रहा, बेकार डाँटा, अब कल से नहीं आएगा, फिर वही छूटा हुआ, ऊबा देने वाला कार्यक्रम, सू-सू पॉटी···घबराकर फिर फोन करने पहुँची तो देखा, खड़ा है। रिसीवर रखने के बाद रूखे शब्दों में पूछा—''क्या है?'' कल से आने वाली रुखाई आज से ही हावी हो गई थी मुझ पर।

''जी, मैं तीन दिन और काम करूँ?''

जैसे डूबने से बचाया हो।

स्वर अपने आप नरम पड़ गया—''क्यों? स्कूल खुलेगा न?''

''शुक्कर, शनीचर खुलेगा, फिर इतवार को छुट्टी! सो सोमवार को इखट्टे चला जाऊँगा।''

''क्यों, पढ़ाई में मन नहीं लगता?'' मैंने मखौल की।

''जी, सो बात नहीं।''

''फिर?''

''पिछली फीस बकाया है—इम्तहानी फीस भी जमा नहीं होगी तो नाम कट जाएगा।''···मेरे लिए अगले तीन दिन उसके आने की कल्पना इतनी सुखकर

थी कि बाकी बातें ठहरनी मुश्किल थीं।

"ठीक है, आना पर नौकरी के पीछे पढ़ाई का हर्ज मत करना।"

"जी!" वह खुश होता लगा, मैं भी तीन और दिनों के लिए निश्चिंत।

उस शाम उसके जाने के पहले ही ये आ गए। आते ही सारा घर सिर पे उठा लिया, "मैं पहले ही कहता था···पर मैं तो दुनिया का सबसे बड़ा बेवकूफ हूँ मेम-साहब की नजर में न? निकालो इस नालायक को, इसका बाप चोरी करते पकड़ा गया है फैक्टरी में, गोदाम से पुरानी बोरियाँ चुराकर भाग रहा था। साले की छँटनी हो गई तो यह काम शुरू किया। अभी इसी दम निकालो इस गधे को—और हाँ, घर की चीजें भी अच्छी तरह चेक कर लो।"

मैं एकदम हत बुद्धि सी सुने जा रही थी। मन में उठती सहानुभूति के एकाध रेशों को तर्क का साँप कुचले डाल रहा था। ठीक है, चोर का बेटा चोर—अब्दुल,! उससे बोलो, घर जाकर अपने कपड़े पहन, हमारे नए कपड़े वापस दे जाए, साहब की कड़ी ताकीद है—ऐसे चोर-उचक्कों को नहीं रखना हमें, नहीं लाया कपड़े तो पुलिस से पिटवा देंगे।

अब्दुल उसको बाँह पकड़कर एक तरफ ले गया, साहब बनाम मेम साहब का आदेश सुनाया और उसके घर रवाना कर दिया। जाने क्यों, उसके सामने जाने से मैं कतरा रही थी, हर बात अब्दुल से। एक दिन के ज्यादा रुपए भी अब्दुल से ही उसे दिलवा दिए, यद्यपि तर्क सिर धुनता रहा—यह चोर-उचक्कों को बढ़ावा देना है। पहले सोचा था, आगे भी जब कभी जरूरत पड़ा करेगी, बुलवा लिया करूँगी, लेकिन अब उसकी गुंजाइश कहाँ?

करीब पौन घंटे बाद—बरामदे में ही बैठी थी कि वह आया; नई वाली मैली कमीज और पजामा तह किए दोनों हाथों में सँभाले था। अब्दुल शाम को सब्जी बनेगी, पूछ रहा था कि उसे देखकर बोला, "ला, इधर मुझे दे।", मैंने आँखें उठाईं तो जगह-जगह से फटी भूरी मैली जाँघिया और फटी मारकीन की कमीज पहने वह अब्दुल को कपड़े थमा रहा था। उसका हुलिया देखकर दिमाग तड़क गया। अब्दुल ने डाँटा—"ऐसे भिखमंगों की तरह 'कोठी' पर आते हैं?" मैंने तटस्थ सी सख्त आवाज में पूछा—

"तुम्हारा कमीज-पाजामा क्या हुआ? उसे पहनकर क्यों नहीं आए?"

"जी—दे दिए थे।"

"दे दिए? किसे?" मैं आसमान से गिरी।

"जी दरजी-मास्टर को।"

"क्यों···?"

"उसके लड़के के थे, एक हफ्ते के लिए माँगे थे।"

अचानक उदारता और महानता की जिन सीढ़ियों पर मैं सुरक्षित खड़ी थी, वे तेजी से एक पर एक ढहती जा रही थीं और सँभलते-सँभलते भी मैं मलबे के ढेर पर औंधी पड़ी थी।

अब्दुल मेरी ओर आश्चर्य से देख रहा था—"दे दूँ हुजूर?"

वह कपड़े पहन आया तो अब्दुल ने दस रुपए भी दे दिए और प्यार से कहा, "मेम साहब को सलाम कर, जा।"

अति कृतज्ञ या अति दयनीय भाव से सिर झुकाए उसने मुझे सलाम किया। जाते हुए उसका एक हाथ कमीज की जेब पर था, जिसमें दस रुपए अभी-अभी रखे थे उसने।

□

१३

सुमिंतरा की बेटियाँ

वहाँ शहर की आबादी खत्म होती थी—चारों तरफ पीली, रेतीली, खसखसी मिट्टी के ढूह थे। ढूहों पर ढेर की ढेर कब्रें। एक, दो, अनगिनत।

मैं अपने बहुत छोटे कद के हिसाब से जहाँ तक देख पाती, छज्जे, दालान, मुँड़ेरों से, मुझे बस कब्रें ही कब्रें दिख पड़ती।

थोड़ी बड़ी होकर मैं सोचती, यह शहर जरूर कभी कब्रिस्तान रहा होगा।

ज्यादातर हम जिंदगी का समापन कब्रों में किया करते हैं, लेकिन यहाँ कब्रगाहों के बीचों बीच बाकायदा पूरा शहर कायम था।

और शहर की आबादी के छोर पर हमारा मकान।

हमारे बाद मछुआरों के झोंपड़ों की कतारें।

बीचो बीच 'उसका टटरा'।

वह अपने घर को 'टटरा' कहती थी। उसका घर भी टटरा ही था। अपने उसी टटरे के बीच से वह पैरों में मोटे-मोटे गिलट के कड़े-छड़े और झाँझरे झमकाती आँधी-तूफान सी आती और ओसारों में लगी धान-जौ की ढेरियाँ तथा ओखली-मूसल सहेज लेती। दो-चार मल्लाहिनें, नौकर और भी आगे-पीछे, बैठते-उठते होते। वह सबसे हँसी-ठिठोली करती लगातार खिलखिलाती रहती। मुट्ठियों में थमा मूसल अपनी रफ्तार से चलता रहता। कभी धान कूटते-कूटते अचानक बच्चों के बीच मुझे उठा आँगन के बीचोबीच, ठुमका लगाकर दो झोंकेदार चक्कर मार लेती। कोई एक भूला-बिसरा गीत सोते सा फूट पड़ता।

एक बार उसके गीत का मतलब था—

'मेरे पैरों में महीन काँटा बार-बार क्यों चुभ जाता है

मुझसे भी छोटी-छोटी मेरी सखियाँ बाजार-हाट कर आती हैं।

मैं ही बार-बार डगर क्यों भूल जाती हूँ।

मुझसे छोटी-छोटी सखियाँ कब की गौने हो आईं।

मेरा ही दिन बार-बार क्यों टल जाता है''

वह चक्कर मारकर ठुमका लगाती होती तो उसके कनफूलों से झूलती चाँदी की मैली जंजीरें बाजरे की बालियों सी लगतीं। मल्लाहिनें होंठों के कोनों में पल्लू का छोर दबा निहायत दकियानूसी तरीके से लजातीं और मुआइने पर निकली ताई झिड़कते हुए गुजर जाती—'मुँह जोर! तुझे धान कूटने को बिठाया था न—जाके मरदाने में मजलिस लगा न! यहाँ क्या दीदे चमका रही है!'

वह खुलकर हँसती—'मेरी मजलिस तो धान की ढेरी के बीच ही लगती है बहूजी। ये लो तीन ढेरी कूट दीं। बाकी उस पहर।' और ताई के ना-ना करते भी एक झपाके से मुझे गोदी में झुलाती, तेज झोंके सी गुजर जाती।

बिलकुल अलग थी वह, अपनी हमउम्र कामचोर मल्लाहिनों से। न उन सबों की तरह कसोरे-कसोरे भर तेल चुपड़कर बाल सँवारती, न माथे के बीचों बीच में माँग फाड़, पीले सिंदूर की पतली लाइन लगाती, और न ही बात-बात पर लजाती या अलसाती।

मैंने उसे कभी किसी से आम औरतों की तरह फुसफुसाते, बतियाते नहीं देखा था। धान कूटते हुए भी वह उसकी लय पर कोई-न-कोई गीत गाती जाती और बीच के बचे समय में मुझे चुटकी बजाकर दुलारते या चक्कर मारकर घुमाते खिलखिला लेती। कोई कुछ पूछता, कहता तो बड़ी खुशदिली से, लेकिन अति संक्षिप्त सा जवाब और वापस अपने गीत पर। सारे बच्चों के बीच उसने मुझे छाँट लिया था, सारी मल्लाहिनों के बीच मैंने उसे।

उसकी बुसी देह से आती गोबर पाथने, सानी-पानी करने और कुटे अनाजों की मिली-जुली गंध, हवा के झोंकों के साथ एकसार उसके रूखे बेतरतीब बाल और कलाइयों की नोकदार ककनी, मुझे उसके प्रति प्यार और गिजगिजाहट दोनों ओर से एक साथ भर देती। ताई अकसर 'ना-ना बच्चों को हाथ न लगाना,' कहकर हरकती रह जातीं, पर तब तक वह झमककर मुझे उठाती

और एक घुमरी मार बाहर निकल गई होती।

बाहर नीम, जामुन की झुरझुराती हवा खाता सूरज आराम से चिपरी पांथी दीवारों के पार छुपता होता। गंदी-मैली कुरतियों और खौरहे भूरे बालों वाली उसकी दोनों लड़कियाँ, अपनी या किसी और की गाय-भैंस चराकर लौट रही होती। 'माई' को देखते ही हाथों में संटी फटकारती, दुलराती दौड़ आतीं। पास आने पर अपनी फटी कुरतियों की जेब में ठुँसी जंगली बेरियाँ, मकोय और कच्चे अमरूद माई को दिखाती और बताती कि गोरू पियासे हैं।

एक बार साँझ ढले वह मुझे भी अपनी गोदी में लादे-लादे दोनों लड़कियों सहित टटरे में लेती गई थी।

फटे-चिरे बाँसों को ठोक-पीटकर बनाए गए दरवाजे में कहीं से लोहे की एक जंग लगी साँकल लाकर अटकाई गई थी और उस साँकल में एक ताला। मुझे गोदी में लादे-लादे उसने ताला खोला—सारी जगह, गोबर, मवेशी और सानी-पानी की तेज गंध से बुसी पड़ी थी। एक तरफ भैंस और उसकी पड़िया बाँधने की जगह, दूसरी तरफ एक टूटा बसखँट और अधपिचके बरतन-बासन। सारा फर्श गोबर और गंदे पानी का चहबच्चा सा।

उसकी दोनों लड़कियाँ, पियरिया और झुमरिया, अपने टटरे में आकर इतनी खुश हो गईं जैसे दीवानेखास में पहुँच गई हों। और मारे खुशी के (यों भी, मुझे भी अपने टटरे में आया देख) ज्यादा लड़ने-झगड़ने और दुलारने लगीं। उसने लड़कियों को दुलार से डपटा और आँचल के छोर से कुछ पैसे उनके हाथों में रख, दौड़कर मेरे लिए बिसकुट लाने को कहा।

फिर जल्दी-जल्दी अपनी भैंस की सानी-पानी करने लगीं। लड़कियाँ दौड़ती हुई मिनटों में बिसकुट ले आईं। उसने बड़े प्यार से एक बिसकुट मुझे और आधा-आधा उन दोनों को दिया। जो वे दोनों तुरंत निगल गईं और झटपट अपने सलूकों से बेर, अमरूद निकालकर उसका हिस्सा लगाने लगीं।

अँधेरा हो चला था। वैसे भी उसके टटरे में बाहर से ज्यादा अँधेरा था। उसने ताख से ढिबरी उतारकर जलाई और बेटियों को मैल से चीकट कपड़े में लपेटकर रखी रोटियाँ निकालकर खाने को दीं।

ढिबरी के मैले उजाले में मैं बिसकुट और वे तीनों रोटियाँ कुतर-कुतरकर खाते रहे। अनायास मैंने जानना चाहा—'सुमिंतरा, तू टटरे में क्यों रैती है? टटरे

में तो (हमारे) जानवर रहते हैं।'

उसने मग्न हो मुसकरा के कहा, 'जहाँ हमारे जिनावर रहेंगे, बिटिया, वहीं तो हम भी रहेंगे न!'

मैंने सयानों की तरह गरदन हिलाई, तभी झुमरिया ताख पर अपने कंचे, गिट्टे रखने उचकी। अचानक चमकदार बक्सुए और पीली-काली धारियों वाली एक जैकेट नीचे आ गिरी।

उतनी सी उमर में भी मुझे इतना मालूम था कि यह पहनावा 'पुरुष' का है— 'ये किशका है?'

'ढोढ़े का…' दोनों लड़कियों ने चटपट जवाब दिया। वह चौंककर जल्दी से उठी, जैकेट में चिपकी धूल, भूसा झाड़ा और वापस तहाकर ताख पर रख दिया। यह नाम, एक बेढब रोड़े-सा मेरे बालमन में यहाँ-वहाँ लुढ़कने लगा। उसे कई बार मैंने सुना।

वह आँगन में पड़े गोभी के पत्ते और चने-मटर का साग बटोर रही है— टोकरे में अपने गोरू को खिलाने के लिए।

ताई जैसे इकड़ी-टुकड़ी के खेल में अपना चिम्भा सा फेंकती है—

"क्योंरी—'ढोढ़ेलाल' की कुछ खोज-खबर?"

"लगी न!"

"कैसे, चिट्ठी आई थी क्या?"

"न, मारवाड़ी बासे से कोई आता था, उससे खबर भेजी।"

(चिट्ठी आएगी तो लाकर पढ़ाई भी तो जाएगी, दोनों तर्क पक्ष सतर्क!)

"तो, क्या खबर भेजी? आता है क्या?"

"चढ़ते जेठ या उतरते असाढ़।" प्रश्न से बचने के लिए ही वह पत्ते समेट शीघ्रता से उठने का उपक्रम करती-सी।

"अरे, तो छूछे हाथ कि कुछ खर्चा-पताई भी भिजवाई?"

"आजकल इतबार (ऐतबार) नहीं न बहू जी किसी का।"

कहते-कहते वह जीना पार कर जाती है। जिससे ताई के होंठों के कोनों की मुसकराहट का सामना न करना पड़े, न और कोई पैरवी गवाही।

लाचार ताई अकेले में मुसकरा लेती है।

'ढाँपती चलती है बेचारी, ढोढ़ेवाल की करनी-कुकरनी…'

बेचारी? कहाँ? किधर से?

गरदन भी बिलकुल सही-सही सीधी-साधी, 'तनी' हरगिज नहीं।

पियरिया, झुमरिया भी फटे चीकट सलूकों में हमारे ही बाड़े से नोची-तोड़ी जामुनें ठूँसे, जी भर शरारतें करती, इठलाती, खिलखिलाती रहती है। बेटियों के साथ जब वह अपनी भैंस और उसकी पड़ियों को दुलारती है तो उस गोबरैले कटरे में भी एक अनकही उजास सी फूटती है।

वह हँसती है, लहरदार ठुमके लगाती है, लेकिन किसी से गाली-गलौज या बेअदबी पर उतारू होते नहीं देखा। और तो और, करीब-करीब सारे ही नौकर, मल्लाहिनें, ताऊ के शिकार पर जाने की बात पर अकेले में कनखी मारकर मुसकरा लेते हैं। मिसरानी तो एक बार बोल भी पड़ी थी, जब काम पर नई-नई आई थी—"आप भी निकल जाया करो न बहूजी शिकार पे, साहेब के साथ···" पर ताई ने छूटते ही मुँह बिचकाया था—"ना रे, मुझे तो मचान के नाम से घुमटा आता है वरना साहेब तो कई बार कित्ता इशारा किए, नाराज हुए लेकिन···" जबकि हर कोई ताई के न जाने का कारण जानता था कि साहेब एक शिकारगाह पे कई निशाने लगाते हैं। पूरी पिकनिक, रतजगे के बाद ही घर लौटते हैं।

वक्त-बेवक्त ताई के चेहरे पर भी छोटी-बड़ी आँधियाँ उठती थीं, राख बैठती थी, लेकिन कनफूल की झूलती जंजीरों के बीच सजा उसका चेहरा कभी कुम्हलाया नहीं। जिंदगी हमेशा पूरे हुलास के साथ सहेजी हुई।

मुझे तो फिटन से उतरकर शिकारवालों को हाथ हिलाते ताऊजी भी, कभी-कभी बड़े बेचारे से लगते, लेकिन वह कभी नहीं लगी 'बेचारी' सी, जाने क्यों? उतनी छोटी उम्र में मुझे बेचारगी को पहचानने की समझ थी जरूर।

तब भी नहीं जब सीधे-सीधे किसी ने एकदम भोथरी सूई चुभो दी, पूरी निर्दयता से—

"क्यों री! कहीं, वहीं के वहीं, रख-रखा तो नहीं ली ढोढ़े बंडलबाज ने?"

"आँख की ओट तो दुनिया की ओट।" वह प्रसंग समाप्त करती टोकरा लिये तेजी से निकल जाती।

"फिर भी, आदमजात को अपनी जिम्मेदारी तो समझनी चाहिए—आता

कब है बदजात इस तरफ।''

"आएगा तो देख लेना, सलूके में छुपाके तो रखूँगी नहीं।''

हाँ, ऐसी बातों के दौरान कुछ देर चाँद-सूरज जरूर बारी-बारी उसके चेहरे पर उगते-छपते रहते। फिर वही टटरा, गोबर, गोरू।

अचानक खबरें फैलीं, गरम हुईं। ढोढ़ेलाल आया है। इधर नहीं, कोस भर पीछे लइन-बाजार में ठहरा है। सकलदीप के ढाबे में। खुसफुसाहटों की चिंदियाँ उड़ती फिरीं। अकेले नहीं, बजबज वाली बंगालिन के साथ। रामआसरे और खिलावन लइन-बाजार गए थे पट्टे का पजामा खरीदने, अपनी आँखों देख के आए।

मुँह नहीं चुराया। बड़ी हौंस से मिला। ढाबे की खाट पे बिठा के सिकार, (गोश्त) रोटी खिलाया—फिर जाने क्या हाथ जोड़-जोड़ के घिघियाता, पछताता रहा। अपनी राम कहानी सुना-सुनाकर। अब तो जो भी इधर से जाता है, लइन-बाजार सकलदीप के ढाबे पर जरूर जाता है। बिक्री बढ़ गई है ढाबे की, ढोढ़े की वजह से मुफ्त में नहीं लेता। सबको अपने पैसे से खिलाता है। बजबज वाली लुगाई अदब से अंदर रहती है। इतना नेक और दरियादिल ढोढ़ेलाल कभी नहीं रहा। खिलावन के पूछने पर तो कंठी पर हाथ धर सच का सच उगल भी दिया और कहने लगा, आधी रात को रोती-बिलबिलाती कोठरी में आ पड़ी लुगाई जात जानके रहम किया, आसरा दिया तो तड़के लाठी-बल्लम किए उसकी बिरादरी ही खून की प्यासी। अब बोलो, अपनी इज्जत-मर्यादा देखें या लुगाई का रोना-किकियाना—फँस ही गया समझो। अब छोड़ूँ तो कैसे? अपना इमान अपनी कंठी की भी तो लाज। गुँसाईजी कह गए हैं, प्राण जाइ पर वचन न जाई—अब आप सब पंच नियाव (न्याय) सकारो तो अगिन के सामने धरम, मरजाद से साखी (साक्षी) मानूँगा, नहीं तो ससुर ये दुनिया का जंजाल छोड़ कहीं मुड़ कंठी माला धार लूँगा। मेरे 'पंचोली' और 'सुमिंतरा' का नाम लेते ही तो आसमान की तरफ हाथ जोड़, अँगौछा आँखों पे लगा लेता है।

"ऊ तो साच्छात देवी है देवी—छिमा बड़ेन को चाहिए। छिमा बरतेगी। पिपरिया-झुमरिया को भी निबाह ले जाएगी, जैसे इत्ते बरस निबाहा, आगे भी। बाकी, ब्याह-सादी पे जो कमीबेसी पड़े तो मैं हाजिर हूँ ही मदद के वास्ते।''

"इस चोट्टी के भी तो तीन हैं। उन्हें कहाँ झोकूँ"? धीरे-धीरे करके मल्लाही के टोले के सब हो आए। सकलदीप के ढाबे के सिकार और ढोढ़ेलाल की खातिर के गुन गाते। ढोढ़े का नाम लेते मल्लाही टोले के मरदों की जबान से चचकारी छूटती है—फँस गया मरद बेचारा—अब करे भी तो क्या! लुगाई की जात, जो न कराए, फिर आते-जाते रास्ता रोककर सुमिंतरा के बिना पूछे ही जबरदस्ती कहने-समझाने लग जाते, "सुन सुमिंतरा! इतना सत्त तो है कि सबके सामने कबूल रहा है। चोरी-छुपे ही बिठा लेता तो क्या करती? ऐं?"

करती क्या? वही धान कुटाई, बासन जूठन और गाय-गोरू की सानी-पानी। वही करती रही। और देखते-देखते मल्लाही टोलों के आखिरी झोंपड़े पर हरी-गुलाबी झंडियाँ बँध गईं, टाट की पट्टियाँ भी बिछ गईं। पंगत बैठी, जेवनार हुआ और बजबज की बंगालिन ने चुनरी-गोटे में ढोढ़ेलाल के साथ गाँठ बाँध ली। नगाड़े पर चोटें पड़ती रहीं, तुरही चीखती रही। जब भाँवरें पड़ रही थीं तो झुमरिया फटे घाघरे, सलूके में निमोड़ी के पेड़ पे चढ़ी बिरादरी का जीमना देख रही थी।

मैंने खिड़की से झाँककर बड़ी बहन से पूछा, "मल्लाही टोले में क्या हो रहा है?"

"ढोढ़े की शादी न!"

मैंने पूछा, "ढोढ़े कौन है?"

बहन ने धीरे से कहा, "पियरिया की माई का दुलहा।"

इसके बाद न बहन को कुछ समझ में आया, न मुझे।

पंगत जीम चुकी थी। बंगालिन की बिदाई भला कहाँ-से-कहाँ होनी थी, सो ढोढ़े उसे टैक्सी में बिठाकर देवीथान ले जा रहा था। मल्लाहिनें दुलहिन को टैक्सी में बिठा रही थीं। गाड़ी स्टार्ट होने को थी, अचानक तीर की तेजी से झुमरिया निमोड़ी से नीचे उतरी और जमीन की खसखसी रेत, मिट्टी, कीचड़, जो भी उसके हाथों में समाया, भरपूर उठाकर स्टार्ट होती टैक्सी पर फेंककर चिल्लाई—"ढोढ़े मर गिया, उठी लहास"—जब तक लोग चपतियाने को दौड़े, वह तेजी से हाँफती हुई बाड़े की दीवार फलाँगती गायब।

खिड़की, मुँडेरों से झाँकते चेहरे अपने-अपने आँगन, दालानों की ओर लपके। गजब हो गया! झुमरिया ढोढ़े की टैक्सी पर धूल फेंककर भागी।

सुमिंतरा मल्लाहिन के हाथ में मूसल थमा रह गया। हकबकाई, बदहवास वह नीचे भागी। नगाड़े, तुरही की आवाजें थम गई थीं। उत्सव समाप्ति पर था। सिर्फ झंडियाँ रेतीली हवा में झरझरा रही थीं। वह बावली, बौड़ी-सी पियरिया-झुमरिया चिल्लाती भीटे-दर-भीटे दोनों बेटियों को पुकारती फिरी। कहीं से कोई आवाज नहीं। जरूर लोगों के डर से कहीं जीने, चौबारे में दुबकी पड़ी होंगी।

तभी कँटीली बेर के टीले पर दो मैली छींट के सलूकों वाले धब्बे दिखे, वह कड़े-छड़ों की आवाज बरगलाती बेहताशा दौड़ी पियरियाऽऽ झुमरियाऽऽ!

आवाज फिर भी न पहुँची। दोनों बेटियाँ अपने खेल में पूरी तरह लिप्त थीं, मगन। पहुँचकर देखा, एक-दूसरे को बेटियाँ मुंडी से मुंडी सटाए मिट्टी का एक लंबा-सा ढूह अपने छोटे-छोटे हाथों से बड़ी तन्मयता से थोप रही थीं—

"चोट्टिनो!" हाँफते-हाँफते दम लेकर वह बोली, "क्या है यह?" "ढोढ़े की कब्बर।" और दोनों ताली मार के खिखिया पड़ीं। सन्न...वह सहमी...फिर झुकी और दोनों बेटियों को कलेजे से लगा लिया। चिपरी-पाथी दीवारों के पीछे जब साँझ का सूरज मुँह छुपा रहा था तो वे तीनों फटे सलूकों और उलझे बालों में अपने टटरे की ओर लौट रही थीं। और जितनी भी बची-खुची किरणें थीं, उनकी भरपूर उजास उनके चेहरों पर पड़ रही थी।

□□□